苏 华

二集

山西出版传媒集团 ◎ 三晋出版社

芦苇随风荡（自序）

居家东，千余米有一个很大的湖，叫龙潭；往西，也是千余米，有一条由汾河故道灌水而成的"滨河"。东西的一湖一河，平时绝少涉足，只有三两次穿湖走桥而过。丙申夏，罡风没有转向，反而愈演愈烈，身骨被吹着，庭院的苦竹无心观赏，换一种心情，天天前往滨河故道走步。

由南向北过了胜利桥，有一片长方形的芦苇丛，中间铺有木栈道。由南至北，靠西是一条主道，东边，是一条丁字道，中间被芦苇断路，东西两面皆可通行；从东往西又是一条丁字路，通南北方向。初见这片芦苇，有根根芦苇倒伏在木栈，芦花随风飞散。想起二〇〇九年编定《书力芦苇》初集时，并不知"人只不过是一根苇草，是自然界最脆弱的东西"，更不知芦苇在自然空间的生存状态竟是如此弱不禁风，随风而倒——如果早几年看到芦苇的这真实一面，我大概不会用它来作书名。

在这片芦苇丛中来来回回地行走，柔软的木栈发出噔噔的回响，一潭潭不流动的死水腐气从木栈下面飘浮上来，环绕着风吹芦苇的摆向，没有思想，只有胡思乱想的脑际，在这里是多么合适；安固其间的二三木凳，既可闲坐，又能仰望天空。我爱上了这里,走步的目的地也定位在了这里。继红兄要出我的读书随笔集,书名便毫不犹豫地定为《书边芦苇》二集和三集。

《书边芦苇》初集出版后,何典先生曾在《南方周末》(二○一○年十月七日)予以介绍:

> 作者娴于学林掌故,但不轻易动笔。这本书虽然只是一本小册子,但可以说篇篇都有作者自己的心得和发现。书中记胡适曾入股华夏图书公司,而后又因纠纷欲退股而不能的一段历史;梳理一代通人姚茫父的生平;质疑王懿荣头上"甲骨文之父"的帽子;揭露苏雪林撒谎的另一面;解释蒋子龙被香港文坛目为"左派"的缘由,都富有新意。《孙楷第先生的尊严》一篇,谈到王重民给胡适写信,为孙楷第的公子谋职。胡适答应"有缺即补"。但孙楷第却给胡适写信说:"我不希望他在北大谋事……我在北大做事,应当避嫌。再说一句老实话,北大方嫌人多,有缺不补才是正办法,何云有缺即补乎?"作者评论说:"这话、这事,现在是很少有人再说、再做了。因为说这话需要一种境界,一种操守,还要有一种管事的愿为有难的人'降节而屈志',有难的人也得有颜面顾及的大环境才行。"尤能见作者"理解的同情"。

何典先生所言"理解的同情",我以为是一位职业读书人、书评家给予我的十分中肯的评价。为此,收入《书边芦苇》二集中的这类篇什似乎更多了一些。不过，也存在一种更为宽泛化的倾向。

二集中的文字，最早的几篇已是二十年前。其间，人和书物不知发生了多少变化，我的阅读兴趣也转移了许多；不变的是，尚有同类仍在买书读书写书，在阅读中思考，在著文中愉快地表达。由此使我更加感慨：真正读书并有所思的人，绝不会太卑贱，也不会过度愚蠢，更不会自觉可怜可悲。

所收文章分为三辑，其他易解；因白居易《南浦岁暮对酒送王十五归京》诗句"索索萧萧芦苇间"，颇合所收之文大意，故取来用作第一辑之题。

特别感谢中国"松王"、书画大家刘晖先生〔人民大会堂正门巨幅"迎客松"为其代表作〕为拙著题签，使"凡木不堪传"的这本文章结集，有了"横空向天出"的笔墨神韵。

二〇一六年十月于一席书房

目　录

索索萧萧芦苇间

梁启超何以挨打

梁启超挨打一事发生在流亡日本期间的一九○七年十月十七日。地点是东京神田的锦辉馆。对这一史实的记载，分见于仇鳌的《辛亥革命前后杂忆》和景梅九的《罪案》及南桂馨的《辛亥革命前后的回忆》。尽管三位亲历这一事件的当事人，在与会人数，如何打、谁打的等具体情节上说法不一，但梁启超在这一天挨打应是无疑的。从这三种史料来看，同盟会的一干人原本并没有专打梁启超的计划，只是想打散鼓吹保皇立宪的政闻社成立大会。谁知政闻社事不机密，成立大会之事被同盟会侦知，"歪打正着"的却是当时遐迩闻名的言论界彗星梁启超。

政闻社，是梁启超以一己之力组织起来的一个立宪团体。其政治主张有三点：一、确定立宪政治，使国人皆有参与国政之权。二、对于内政外交，指陈其利害得失，以尽国民对于国家之责任心。三、唤起国人政治之热心，及增长其政治上之智识与道德。

此政治主张和政闻社成立宣言于一九○七年十月七日

在报章上公布。为避嫌疑,梁启超并未列入政闻社发起人名单,而是由蒋智由、徐公勉、黄可权、吴渊民、邓孝可、王广龄、陈高第等七人列名。政闻社不设会长,只设总务员一名,由年近七十的马相伯担任。此时,正值"立宪派"与以中国同盟会为主要代表的"革命派"为"改良"与"革命"而争斗的炽热时期。一九〇七年十月十六日,同盟会会员侦知政闻社第二天将在锦辉馆举行成立大会,便在民报社开会研究对策,结果一致同意选出二三十个勇敢干练的会员,由张继、宋教仁率领入场,瞅准机会打散政闻社的成立大会。

　　十月十七日,政闻社开会时,锦辉馆里已聚有几百人,属保皇立宪派的政闻社社员约有多一半,除一些带红布条的作应酬招待外,其余均坐在前面。日本名流、民党的犬养毅等十多人也应邀与会。革命党约定的同盟会会员则坐在最前两排;还有一些没有约定,先后前来的同盟会会员和一些革命党人,则在政闻社社员后面依空而坐。摇铃开会后,主持人杨度报告完会议宗旨,就很响亮地宣布"请梁任公先生演说"。专诚从横滨来东京作政宪宣传演说的梁启超,根本没有想到,这十多年来,被誉为时代骄子的他,在同仁云集,国内精英荟萃的此时此地,等待他的竟然会是以挨打并被轰下讲坛为结束语。梁启超登上演坛讲演时,掌声尚有,但不多,也不甚热烈。开宗明义,梁启超一开口便说起宪约,见反响不大,赶紧调整了演说内容,改谈起国会问题。他说:"立宪国家,须要有监督政府的机关,这个机关就是国会。政府好比小孩子不懂得道理,须要我们监督他的行为。"梁启超改说的这番话,果然有效,当下有人开始拍掌叫好。梁启超的情绪顿时高涨,用他那富有刺激性的慷慨语调以增加

梁启超

《饮冰室合集》

论断的语气说道:"我国必须立宪,需要有国会。现在朝廷下诏立宪,诸君应当欢欣鼓舞⋯⋯"而约定好伺机打散政闻社成立大会的同盟会会员,等的就是这种话。梁启超的话音刚落,张继即站起来大骂道:"什么机关? 马鹿!(按 日语,骂人的话)狗屁! 打!"骂完便往演坛上冲。这时,一位戴眼镜的老先生从演坛左边飞起一只草鞋,正好打在梁启超的左颊,梁启超眼见会场大乱,施行"走为上"的策略,起身从台后楼梯旋转而去(按:另有一说,是张继把梁启超打下台的)。张继、南桂馨、仇鳌等人冲到台上后,台下已是一片喊打声。政闻社的成员一边叫喊着"革命党,革命党",一边纷纷扯下红布条,作鸟兽散。只有主持人杨度略显镇定,趋前阻挡,但也被同盟会的斗士推倒。至此,张继已占据演坛,开始演说起来。霎时间,立宪党人精心筹备的政闻社成立大会,演变为同盟会的誓师革命大会。但张继在演讲中拿无政府主义的一套理论驳斥梁启超,同盟会的会员似不赞赏,也听不大懂,于是改由宋教仁上台,把同盟会的宗旨,发挥了一通。针对梁启超刚刚所说的保皇立宪那一套,宋教仁疾首蹙额地予以抨击:"立宪党,是保皇党的变相,在他们是要君主的;我们是不要君主的,如何能相容! 要容这文妖讲君主立宪,我们理想的'中华民国'就永远不能实现了!"由此,全场大声喝起彩来。宋教仁演讲之后,同盟会人又请犬养毅上台讲话。他先说了一番调和的话,最后归结到赞成革命,喧宾夺主的同盟会一干人马才尽欢而散。

据南桂馨回忆,梁启超挨打后叹息不止,认为同盟会人的爱党精神非政闻社的人可比,因而兴意阑珊,大有"流水落花春去也"之势。这种说法实有夸大的成分。梁启超虽然挨了打，但他事后种种投入立宪的举动，足以证明此事对他思想的改变，并没有产生多大的影响。倒是在反对帝制的护国战争中的亲历，才使他幡然悔悟。这在他所写《五年来之教训》一文中，有着毫不隐讳的反省。如，"第一之教训，能使吾侪知世界潮流不可拂逆。凡一切顽迷复古之思想，根本不容存在于今。强欲逆流而泝，决无成绩，徒种恶因。第二之教训，能使吾侪知凡百公私举措，皆万不可驰于极端。第三之教训，能使吾侪知凡身任国事，而以个人之利害或一党派之利害为本位者，其结果必败。能使吾侪知权术之为物，决不足以驭人，而惟足以自毙。"我以为梁启超在此文中所总结的三条教训，条条可解何以在锦辉馆挨打之事。

　　纵观梁启超的一生，称其以善变为显著的特征是没错的。但他也有受辱不变的事节，如上述锦辉馆挨打之事。不变之时，大体处强调历史潮流而拂逆的波涛之上；善变之时，大体又处时代进行到十字路口之中。他的善变，总体上看一直是跟着时代走的。

　　梁启超的善变与我们今日某些文人学者的善变，更有着大不同。梁启超是"为国而善变"，所以他可以堂堂正正地说自己是"磊磊落落的大丈夫"；今日某些文人学者的善变，更多地是以个人之利害或一帮一伙一派为本位，不但"磊磊落落"谈不上，就连"大丈夫"也难称得起。从这意义上看，梁启超的挨打，并无什么羞耻之处，倒是我们今日的某些不断善变的文人学者，虽大多无挨打之虞，但其所为，令人感到比挨打更不是滋味！

一九九八年六月六日

广益书局的通识读本

我有一本《新撰句解共和尺牍》(四册)，系上海广益书局民国八年八月出版印行的。此书将书信的通复分编为十六类，即家庭、亲党（亲戚）、通候、庆贺、吊唁、慰藉、馈赠、恳托、讯问、借贷、索偿、延荐、介绍、规劝、邀约、催促。用编者贺群的话说：

一、此书"凡社会应有各事，概已备述。初学尺牍者手持而观摩之，可获随事应用之助益。"

二、"编中每函皆有答复。事情语气，互相笤合，于社会上往来酬答之作用，尤多便利。"

三、"近今社会往来之书札，泰半陋俚，不堪入目，国粹沦亡，至可恫叹。本编注意及兹，故藉尺牍为演习国文之功用，所撰各类文字，一以理明词达，宜雅宜俗为主。而每函复加以句解，俾学者容易通晓文言，以脱除粗俚之陋习。"

四、"典故载明出处，另行注释，更足使读者知运用文字之法。"

五、"各种称呼格式，概从新制，尽合时宜，尤堪资为书札之规程。"

由此可见,句解详细,使之了然于目,了然于心,而后使读者掌握写信复答的基本常识,进而自如地运用文字,脱除粗俚之陋习,是此尺牍的最大特色。当然,"概从新制,尽合时宜",只是说从晚清到民国的新制,合的也只是当时的时宜。时至今日,新时代的新语文,从形式到内容都有了很大的变化,在书信上的表现,大体也是如此。但《新撰句解共和尺牍》中的各种称呼格式和书信的基本规程,仍然是可以借助的实用部分。我们现在不知出版了多少用白话翻译的古文,但像广益书局出的这种实用书籍实在是少而又少。过去写书编书出书是专而精,现在则是博而杂,哪个效果更好一些? 不好说,也不好比。但从目前不少人不会写信、写不好信,或者开头只是一个"你好",结尾全致一个"敬礼"的千篇一律来看,现在的书札是越来越没意思了,更别说其收藏价值了。我不知道收入《中华书局收藏现代名人书信手迹》中的那些名家,有几人是读过《新撰句解共和尺牍》之类的读物才入道的,但他们所受过这方面起码的启蒙教育,则是没有什么问题的。

也是在这四册《新撰句解共和尺牍》的封二、书名页和版权页上,我还看到该书局的另外几种新书的广告。如《新编分类日用万全新书》,刊有广告词两条,一是"欲求立足社会,不可不读此书",一是"当代之巨著,日用之宝筏"。在详列了此书的三十辑种类目录之后,另告读者"全书分订二十册,装一锦匣,定价大洋二元,函购加寄费一角三分"。想想八十年前,书刊广告和邮购竟能做到这种分上,难怪让人怀旧,并叹息不已了。再如,《新体启蒙尺牍》《新撰分类尺牍观

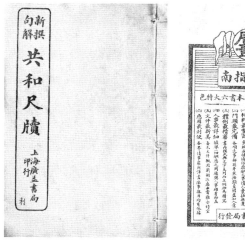

《新撰句解共和尺牘》

海》《绘图幼稚尺牍》《绘图童子尺牍》《初等学生尺牍》《高等学生尺牍》以及王闿运的《湘绮楼书牍》,黄兴的《黄克强书牍》,俞平伯的《俞曲园书牍》,黄道周的《黄石斋书牍》,等等,莫不如此。

更有意思的是《交际指南》,广益书局的此书广告说,本书有六大特色:

一、材料最丰富(汇辑了各种通俗应酬之事,而且囊括无遗);

二、门类最完备(将各项文事部别,安排得井然有序,按类查阅尽如人意);

三、体例最精审(程式与文字互列,而立例极为精究);

四、人事最详细(列举了一切应酬上的问题,与人与事确有助益);

五、文件最新美(各式文件全由出版者请人改写成半文半白的"新制",既雅又合时宜);

六、应用最利便(把各界事情罗列得极为详尽,遇事采用,均有依据)。

因为觉得有意思,又因为手头有这本《新撰句解共和尺牍》和上海书店影印出版的该书局的《俗语典》(胡朴安编,一九二二年),所以也就顺便查了一下朱联保先生编撰的《近代上海出版业印象记》。始知,广益书局开设于一九○○年,由魏天生和杜鸣雁、萧伯润、李东生合伙创办。起先出版科举考试策论和童蒙读物,后出版石印的经史子集和通俗小说,推销于小城镇和农村。该书局存在了五十六年,自设石印和铅印印刷厂,在北京、广州、汉口、长沙、开封、沈阳、南京、南昌、重庆等地设有分店。据朱联保先生介绍:"改组公司前的四十几年(一九四四年改组为股份公司,魏炳荣任董事长,刘季康为总经理),发行通俗图书较具规模;改组公司后的十几年,出书比较正规,如一九五一年出版杨荫深编的《新辞典》,由于当年群众需要这种工具书以利学习,故销数多而获利亦多。并曾出版'工农兵丛书'、'抗美援朝战斗英雄故事丛书'等。这两套丛书,虽适合当时需要,但内容都剪自报刊文章草草编成。"一个很具规模、很有出版发行大众实用图书经验,且口口不离"新制"的书局,因为国家改貌了,出版商本身也被改造了,结果就从读者的目光中消失了。如果用被调整过来的历史眼光来看这事,我想,寿终正寝的恐怕就不单单是一个广益书局,而是一套多少还行之有效的文字启蒙自学教育体系和一些自行掌握运用文字的基本规程。这也许有些言重,但看看现在许多人对此竟犹如隔世,就可知素质教育不光是在课堂上,实用类的启蒙图书,亦是一门重要的课外功课。

二〇〇一年九月

《香港文学散步》中的先生们

　　一九八七年五六月间,香港中文大学的小思老师集中在《星岛日报·星桥》刊发了一组寻访蔡元培、鲁迅、许地山、戴望舒、萧红在香港的墓地、演讲场所、寓居之所、关押抗日文人的监狱的感旧散文。在这个一直据称"没有历史的城市",坊间对小思所述情怀的这五位思想家、作家,掀起了一股追慕的热情。这一年,香港图书馆负责香港文学节的廖志强先生,约请小思带领一个经市政局公布活动内容、时间,自愿报名参加的"文化朝圣"散步团,到她所写与香港历史密不可分的五位名人墓地、旧居进行文学散步。由于缺乏经验,在筹备、组织上都有所不周,追寻先贤前辈的首次文学散步活动效果不大理想。

　　一九九一年,小思以这五位思想家、作家为主要内容,同时筛选编进了所写主人公及故旧或当事人的旧文数篇,又以文人群体活动地孔圣堂;南来文化界人士聚居地学士台;一九四七年一批诗人庆祝第七届诗人节,发表抗议执政者逮捕诗人作家宣言,一九四八年众多新中国成立后成为文化名流的文艺界人士，借为戏剧大师欧阳予倩举办六十大寿之际，用来民主发声的六国饭店；一九四七年一批有政治理想的学者借蒋廷锴将军的别墅，办起民主治校的达德学院等四个景点为"散步"的扩展区域，起书名为《香港文学散步》，由香港商务印书馆出版。该书出版八年之后，香港市政局公共图书馆按照书中所示，再次举办了文学散步活动。这次活动，开始引起了人们的注意。

二〇〇一年小思即将退休，她很希望在离开教学岗位前夕能播撒一些香港文学的种子在学生心间。于是，设计了一门"香港文学散步"选修课，希望学生能亲临其地，聆听南来文化人思想永存的演讲，接应他们永远追求自由与民主的心灵。原先，她想差不多有二三十人会跟着她去"散步"，没想到前来修"香港文学散步"课的学生竟然超过一百人。一百多个人去散步？回想曾经不算成功的那次经验，她说：坏了，这简直没可能。正在犹豫是不是光上课，把文学散步这一实地感受去掉之时，教育署课程发展组的黎耀庭先生和同事们谈起此事，小思所担心的事迎刃而解——在一种制度的制约下，为了确认小思所设计的文学散步活动是否合理，是否可行，能否收到预期效果，教育署课程发展组的几位同仁每星期都来上她的这门课，直到上完课才表示愿意与香港中文大学中文系合办一次大型文学散步活动。教育署参与进来的这次散步活动，由于在旅游车安排、入墓园手续等等方面工作纯熟，尽管参加活动的人数超过一倍还多，还是取得了大成功。这次成功的文学散步活动，仍然与小思的《香港文学散步》这本书密不可分。

一个远离香港的内陆人，对于香港文学真是很遥远很陌

小思著《香港文学散步》

《香港故事》

《书林撷叶》

生。不是二〇一三年六月在广州北京路漫步书店,并在原中华书局广州分局和商务印书馆广州分馆旧址新开设的联合书店购买到小思编著的《香港文学散步》(一九九一年该书初版后的第四版,二〇〇七年增订版的第二次印刷),我还真不知道一个亲自寻访南来文化人故地,写出一篇篇令人忧忡不已的怀人散文的香港作家,竟会以二十多年的时间,憧憬并坚持实践着一种引领更多文化新人走进现场,领悟一些鉴往知来的文学散步活动。也许是这本港版书因与我曾主编过的一套近二十种的文化旅游丛书设计思路差不多,已失去了新鲜感,也许是我曾读过小思在内地出版的《香港故事》(山东友谊出版社,一九九八年九月),尤其是读过她的《书林撷叶》(云南人民出版社,二〇〇二年一月)最后一辑"香港文学散步"中的这些篇章:《"五四"历史接触》《仿佛依旧听见那声音》《林泉居的故事》《一堵奇异的高墙》《三穴之二六一五》《宬寞滩头》和《幽幽小园》,所以从广州带回的《香港文学散步》,再没有好好拜读过。前几天,一位知道我曾引用小思三十多年前所编《香港的忧郁——文人笔下的香港》序文的一段话,写过一篇附和蒋子龙所作《香港的性格》文章的友人,给我递来一本上海译文出版社新近出版的《香港文学散步》(二〇一五年六月),附信说,"这里面也许有你感兴趣的人物以及你可能不知的孔圣堂、达德学院,等等,有时间可看看。"香港的文学散步活动俨然扩散到上海来了,自然关切起来。

一看封面,上海译文出版社的《香港文学散步》就把港版的那种无人物、无故地,就像一片浅水湾,任你想象着看的旅游书的风格完全颠覆了:装帧设计师把小思着重的蔡元培、鲁迅、许地山、戴望舒、萧红五位先生的肖像依秩用单粘剪影的方式排列,像一扇可以拉开翻卷回的百叶窗,又像是历史人物巡回展的宣传帖,每人半页,翻开人物肖像背后,印有本人来港及逝世于香港的年份,以及在港的文学贡献;再把五位人物肖像轻轻翻开,封面底图是萧红在抗战前曾经居住过的思豪酒店旧影,深蓝色,配一粗线框,是旧照,也是一种怀旧的情怀。合住五位人物肖像剪影,文学散步的对象、时间、地点,像是射出一种深邃的历史目光,点燃着我,不由地想去倾听他们当年的声音,再次阅读他们留下的文学和思想遗产,并想去追寻一下,他们曾经用艰辛,甚至于生命追求过的自由和民主之路。

　　与港版本相比,沪版《香港文学散步》是一本让爱书人可以打开来读的书。不似港版,她不怕双页平铺在案上,更可以捧在手上卧游,因为她采用的是裸脊穿线装,没有书脊裹背,也没有再在书脊上印上书名。内文与历史照片的处理也与港版大异,对原先那种较为繁多零碎,与主题关联不大的图片做了大幅削减。谨以蔡元培先生一节为例:港版书中配有十六幅墓地、墓碑、东华义庄以及圣约翰大礼堂的照片,沪版只选用了五幅。这五幅照片,全部单占一页,尤其是把余光中于一九七七年在蔡元培先生墓前祭拜的黑白小照替换成了彩色大照,让人清楚地看到了蔡先生灵柩下葬地和叶恭绰所题"蔡孑民先生之墓"的墓碑原貌;而港版原先仰视所拍的由北京大学同学会重建的墨绿色云石大碑,现在也换成了平面全景照。新旧对比,曾经荒凉的慨叹可以止住大半。曾看过《蔡元培年谱长编》(高叔平撰著,人民教育出版社,一九九六年三月)所记一九四〇年三月十日香港公祭蔡先生的报道,但新增选的一幅南华体育场内,参加公祭的各学校及社团共约万人,整队集合,于灵车驶入场时,全体肃立,静默三分钟的照片,还是深深地震撼了我,打动着我。曾停蔡先生灵柩的东华义庄,前址在香港西区坚尼地城牛房附近,后迁大口环现址。看这一幅图片时,让我记起蔡先生当年暂居在坚尼地台十二号,到公园散步时所作的一首《坚尼地台十二号》诗:"寄居正在坚尼地,散步常临总督园公园也,俗称兵头公园。更有茂林营小圃一美国人所营,盆花畦菜在山泉。"冥冥之中,蔡先生于五十年前在香港坚尼地的散步诗,是不是与小思当年所写蔡先生《五四运动接触》暗合呢?也许小思说得对:历史有情,人间有意。第五幅照片就是蔡先生于一九三八年五月二十日《在香港圣约翰大礼堂美术展览会演词》的所在地"圣约翰座堂"了。看着这座已成香港法定古迹的照片,蔡先生当年那"抗战时期所最需要的,是人人有宁静的头脑,又有强毅的意志"之声,真能穿透圣约翰座堂的墙里墙外和彩绘玻璃,冲破"历史好严肃好沉闷"的设问,直达吾土吾情的历史胸臆。

《香港文学散步》总体构架是一篇小思的怀故人、临旧地之文为引领,配以数篇时人之作或后人怀人之篇,再间以她的"选文思路",编入故人的演词或诗文,最后以与香港商务印书馆该书责任编辑罗宇正的"对话"作为结束。只有戴望舒和萧红的篇章较其他多出一节,小思文和他人的选文亦多出一篇或若干,整体选编体例相当清通。我注意到,小思在前后数版《香港文学散步》中,对选文的替换使用非常频繁,这令我顿生敬意,因为这需要大量的史料比较才能定夺取舍。在上海译文出版社所出的这个版本中,我发现小思又新增了三篇大文章:余又荪的《谒蔡孑民先生墓》,施蛰存的《许地山先生挽词》和夏衍的《访萧红墓》。除此之外,又将《达德学院年表》扩展为《达德学院大事志》,还在许地山一辑《三六之二六一五》和戴望舒一辑《林泉居的故事》文后,各新加补注一段。小思所新增的这些旧文和扩展、补注之文,都围绕着一个思想,即让读者阅读起来更有历史的逻辑性和现场感。以余又荪的《谒蔡孑民先生墓》为例,如果不补这篇文章,你就不会知道每年一月十一日蔡元培先生诞辰,始终如一地纪念蔡先生的是哪些机关团体;而有了施蛰存的《许地山先生挽词》与没有挽词的选本也大不一样——"君子有终身之丧,忌日是也;君子有终身之养,丘墓是也。"有墓葬墓碑,而没有挽词悼文,那是常人,不是文化人;新增夏衍的《访萧红墓》,不是说文章有多好,而在他清楚地记录了当年萧红的墓地所在。

沪版《香港文学散步》尚有可推敲及补充之处:

一、余光中《蔡元培墓前》文后所作的"作者附识"里和蔡元培先生生平介绍"香港足迹"中,有"蔡先生带了家人南来香港养病"的叙述句,我以为这样的概论与历史的真实还是有些距离:一九三七年十一月二十七日,蔡元培先生是遵从国民政府"文机关限三日内迁往内地"的指令,与妻儿苦别,和物理学家、戏剧家丁西林从上海乘法国"马利替未斯号"邮船到达香港的。到香港的目的只有一个,那就是从香港转道长沙,与已迁往长沙的中央研究院总干事处的同仁汇合。也就是说,蔡先生到香港是奉命公干,起身时既没有携家带口,也没有任何病情。家人前来香港,三个儿女还曾在香港读书,是因战事发展,经国民政府准允,把香港作为遥领中央研究院大小事务之地才有的事。蔡先生得病,时在一九三八年陈列英美两国美术作品及第一次中国国防美术作品代表展览演讲之后的八月七日：这一天，他忽患晕眩，经朱惠康大夫诊断，是因胃不消化、滞血引起的脑贫血症。从这一天起，蔡先生因病不见客，不写信。养病月余，又恢复了抗战工作，直至逝世。

二、即使是作为附录的《张爱玲与王安忆的香港》，也属赘肉。一九三五年一月四日，胡适到达香港大学，开始他狂收欧美各大学赠送博士之旅的记游之文，以及在香港华侨教育会所作《新文化运动与教育问题》的演讲，是否也该收入？

三、所收每篇时人之文，读者较陌生的，一般都附一个作者简介，其中有两位标注为"乃笔名，生平不详"。一是《去东华义庄——送蔡孑民先生遗椟安厝》的作者百夷，一是《青山脚下的怀念》的沈思。沈思，也许是笔名，生平难以确定；但西夷，我以为即是许君远。许君远（一九〇二～一九六二），河北安国人，一九二八年北京大学英文系毕业后任《庸报》编辑，一九三六年任上海《大公报》要闻编辑，抗日战争爆发后，上海《大公报》停刊，许君远避难于香港，为香港《大公报》编辑，笔名西夷；另外，《去东华义庄》一文，如果不是老北大人，绝不会怀着那么真切的沉痛落笔老校长，这是西夷即许君远的又一个判断。

《谒蔡孑民先生墓》一文作者余又荪，没有作者简介。现补注如下：余又荪（一九〇二～一九六五），字锡暇，四川涪陵人，一九三一年毕业于北京大学哲学系。任教于北平民国大学、四川大学、重庆大学，后任中央研究院总办事处秘书。赴台后，任台湾大学历史系教授及历史学研究所主任。

小思有"吾土吾情"心结,我亦有一点"吾爱吾师,吾尤爱真理"的向往。写完这篇读书札记后,我会将沪版这本《香港文学散步》,恭恭敬敬摆放在书橱里,在没有文学散步的日子,想一下为什么谒拜蔡元培先生墓的是余光中、周策纵,而不是大陆的某些著名诗人,为什么鲁迅先生演讲说"老调子已经唱完",现在仍然没完没了,为什么许地山先生不采用运动学生的暗招,和殖民主义的教育进行坚决的斗争,为什么戴望舒在日本侵略者的牢狱之中,那么铁骨铮铮,出狱后反倒为了生计而在日本人手下做事,为什么萧红身后会有那么多流言……当到香港文学散步的机会来临,我会毫不迟疑地轻扯下沪版扉页附贴的五幅手绘文学散步地图,怀着朝圣般的五味杂陈,上路出发。

二〇一五年八月三十日

于赓虞在铭贤

　　三年前,我和何远先生编《民国山西读本》(三晋出版社,二
〇一三年八月)时,从一九二七年的《铭贤校刊》,意外发现被人
遗忘很久的新文学运动初期的"晨曦"诗人于赓虞曾在铭贤
学校任教两个学期。由于此后的《铭贤校刊》各个图书馆没
见有藏,于赓虞是哪年、为何离开铭贤,一直想搞清楚,于是
求助书友为我寻找解志熙、王文金编校的《于赓虞诗文辑
存》(河南大学出版社,二〇〇四年九月)。直到今年晚秋,当我得到
朋友寄达的这套书后,才以《铭贤校刊》为底本.以《于赓虞
诗文辑存》为副本,把于赓虞在铭贤的事略大体厘清。

　　于赓虞(一九〇二~一九六三),河南西平人。一九二一年,
因参与学潮被所就读的河南省立第一师范学校开除。随即
跟随运货物的伯父于襄武到了天津。秋季,考入南开学校。
一年后,转入天津汇文中学专读英文。不久,结识了后以《文
人剪影》《文人印象》《文坛忆旧》成为中国现代文学"活字
典"的赵景深和著名导演、戏剧理论家、翻译家、北京人民艺
术剧院的奠基者之一焦菊隐。

于赓虞　　　　　　　　　于赓虞第一本诗集《晨曦之前》

解志熙、王文金编校《于赓虞诗文辑存》

一九二三年一月，于赓虞开始在赵景深当编辑的天津《新民意报·朝霞》上发表诗作；三月，与赵景深、焦菊隐等人组织成立了著名的文学社团"绿波社"，并在《新民意报》创办文艺副刊《诗坛》；七月，与绿波社成员十三人，出版同人诗合集《春云》(天津新教育书社)，收诗作十七首。一九二四年，在王统照编辑的北京《晨报·文学旬刊》发表诗作，是为该刊所发表的第一首诗歌作品。一九二四年秋，考入燕京大学国文系。一九二五年，在燕京大学结识了徐志摩。一九二六年三月十八日，参加了"反对八国最后通牒的国民大会"，次日即作纪念刘和珍饮弹喋血的著名诗篇《不要闪开你明媚的双眼》，四月一日，刊发在与闻一多、徐志摩创办的《晨报·诗镌》第一号：

> ……
>
> 血色闪耀的散发是这世界不曾有的一朵奇丽的红花，
> 我的姑娘，这最后的花朵是不是在缀饰你梦境的天下？
> 　静静地睡去罢，不要，不要在此阴暗的夜晚
> 　再向，再向你心爱的中华闪开明媚的双眼；
> 美丽的希望已如夏日的彩云深葬于毒烈铁心的秋天，
> 在此深夜人们已平安入梦光耀的中华只在险恶的梦幻，
> 　　　　　　　　　　只在险恶的梦幻！
>
> ……
>
> 　　三月十九日，即国务院大惨杀之次日

是年秋，于赓虞因伯父生意不景气，不能为其支付学

费，遂从燕京大学退学，蛰居在北京中老胡同公寓拼命写作，用所得稿费维持生计。在这期间，他结识了同在艰苦岁月中挣扎生活着的沈从文、丁玲和胡也频，并与胡也频、徐霞村、沈从文、黎锦明等人组织"无须社"，在《世界日报·文学周刊》刊发该社的文学作品。所谓"无须"，据说是为了表达不甘示弱，无须别人怜悯，也无须别人捧场之意；无须社成员，也无须什么条件，只要有文学作品就可加入。一九二六年十月，现代文学出版史上著名的北新书局出版了于赓虞的第一本诗集《晨曦之前》，收入《沦落》《九女山之麓》《野鬼》《晨曦之前》《公主墓畔》《不要闪开你明媚的双眼》《歌者》《祭诗》等三十二首诗作。此诗集系"五四"以后极少的几本以线装装帧形式铅印而成的新诗，于赓虞也以此诗集步入现代文学先驱者之列。

一九二七年春节过后，盼心目中的"晨曦"早日到来而终成梦幻的于赓虞，含着泪离开了北京，前往经好友焦菊隐推荐的山西太谷私立铭贤学校任教。

铭贤，是孔祥熙于晚清在太谷创办的一所教会学校。一九二六年，因获得美国近代制铝工艺发明人霍尔（Hall，C.M.一八六三～一九一四）基金会的一大笔捐款，致使办学经费"益臻余裕"，所聘教师待遇也相对较高并稳定，这大概是于赓虞前来铭贤的主要考虑之一。

于赓虞在前往铭贤的途中，混迹在拙笨的驼群，并不知道自己已在险难的征途上。到了河北正定，恰遇北伐军兴，讨赤军和革命军激战正酣。看到这种随时可以叫人死的战争场面，他反倒并不感觉生命之可贵与存在了，只宛如无罪的囚犯，往前走往前走。至石家庄，正太车还开行，于赓虞登上票车,如以前一样任命运向前移动。车抵太原,他走进一家辉煌的旅社,安顿住了旅心,在一家酒店喝了一个痛醉。他说:我的灵魂,我不愿在归途见那偕行的人!次日晨,乘车返榆次,过午达太谷到铭贤。在古林之中,在墓野之边,在夜深隐约的笙韵里,悲哀促他起来,徜徉于花园间,足踏于落花的残瓣上——他的诗魂还想着北京的秋,默喊:魂乎,看秋意秋色在苍苍的东山!不堪耐,我含泪怅惘向北京!

于赓虞受聘铭贤之后,第一件事即是以他的诗集名取"晨曦"二字,与本校热爱文艺的师生十余人组织成立了文学社团"晨曦社",并于每星期一编辑出版一期《晨曦周刊》。该周刊所刊文章,议论颇为宏大,优秀文艺作品亦多,特别富于情感,追求艺术的生命极其炽烈。

在《晨曦周刊》的影响下,铭贤先后有一批学生自办刊物出现,如《半夜钟》《改造》《火花》《呓语》等,虽内容各有侧重,但大都刊登纯文艺作品。于赓虞和从北京来的另两位老师岳锺秀(字一峰,北京师范大学毕业)、程家鸾(北京大学毕业)如一股清风,与学生们一拍即合。一些爱好文艺的同学很快组建起"文艺研究会",请他们担任指导老师。"文艺研究会"是一个研究文学艺术的自由团体,内设四个组:中国文学,外国文学,音乐,戏剧。其宗旨是因"新教育的宗旨是在发展个性,新国民的精神是在励行自治。我们现代的学生不能像从前那样死板板地念书……我们一方面感觉到课堂所讲的东西的缺少,非得以外再去研究,不能深造;我们又感觉到研究学问不是一两个人所能办得好的,必须多集同志,互相探讨研究……"发起成立"文艺研究会"并发表成立"宣言"的同学们同时还展望:"这个盛大的'文艺研究会'可以说是我们学校空前的创举。事前已经和岳一峰、于赓虞者先生商量好的,他们都很乐欲帮忙。我们知道他们对于文学、音乐、戏剧,都是很有研究的,所以我们敢断定这个'文艺研究会'将来一定能发扬光大,达到一种最完满最快活的境地!""文艺研究会"后来发展成为五十余位会员的固定团体。

在二十年前就提倡语体文、向以新文学为主流的铭贤,由于这批新聘老师的参与和影响,更推进了校为新文学的热潮。

于赓虞热衷于诗的建筑美,每行二三十个字,长而整齐。赵景深曾说徐志摩、闻一多可称为"豆腐干诗人",因为他们的诗行短;而于赓虞的诗行长,"一长条一长条的,四行凑一块,很像云片糕"。由于于赓虞的到来,铭贤学校原先写"豆腐干"的学生,也有人学起了"云片糕"。

来到铭贤之后,于赓虞的创作激情一时被激发了出来,诗才的眼睛又睁开了,天性也焕发了,授课认真,有条不紊,演说座谈从不推辞。在铭贤的九个月的时间里,他在陆晶清、石评梅主编的《世界日报·蔷薇》以及《晨报·副刊》等报刊上,共发表五十余首诗作和散文诗,以及三四篇诗论。这些诗作,大部分是为其准备出版的诗集《落花梦》而写下的美丽而忧伤的篇章。多次在报刊上预告的《落花梦》此后一直没有出版,但在铭贤所写的这批诗作,后被于赓虞分别收入诗集《骷髅上的蔷薇》和散文诗集《魔鬼的舞蹈》。

于赓虞的到来,颇受校方和学生重视。三四月间,他为同好和学生作了《诗之读者》的演讲。以英国剑桥大学文学教授亚瑟·奎勒·库奇爵士(Sir Arthur Quiller Couch,一八六三~一九四四)于一九一五年所进行的一个讲座演词,引导学生们作诗："我请你们，请你们练习作诗，并要忍耐地去练习……我说一个大学的青年应该练习作诗。"于赓虞进一步解释说："练习作诗，并非要作诗人，但至少对于情感与想象之培养，与对于诗之了解有莫大的助益。情感与想象生着幻变之翼，随生命之呼吸而翱翔，生命之色泽的美丽与丑恶即以此为装饰。诗人生着极强烈的情感与想象之翼，是以读者亦当有相当的情感与想象之力才能相和谐。"他还讲："文艺上历史的检讨，识力的增加，并非只是欣赏文艺，乃为欣赏文艺的帮助。"文艺鉴赏力的增加和提高，并非只是为了欣赏文艺，而是欣赏文艺的一种帮助，这是文艺美学上讲得很透彻的一句话。《诗之读者》一文，后来刊发在《铭贤校刊》(该校刊为半年刊)一九二七年第一期上。

当年的暑假过后，即一九二七年九月二十三日(旧历八月二十七日)，铭贤学校召开孔子圣诞庆祝大会，特请于赓虞演讲。孔子圣诞而请新诗人演讲的安排，似乎冲突但又世传有绪，而听者却没想那么多——听于老师的演讲，除了知识，就是兴奋、兴奋！

然而，于赓虞的性格到底与平稳持重的校风格格不入。当看到校刊介绍他为燕京大学学士毕业后，不合时宜的怪论即出，当年第二期的《铭贤校刊》刊有他的一个特别启事：

> 这一生，恐不会戴什么学士、硕士、博士帽子了，因为没有这才力，也没这心趣。在上期本刊上，忽然发现我戴了燕京大学的学士帽，殊为惊恐，而且自惭。这不知是谁的盛情，特地赐我第三等的荣冠，因为有点头痛，所以在这期中我要把它丢掉，

而且是毫不顾惜。从前，虽则在燕京大学胡混过几天，但如今我把他当作生命史上的污点了，因为那些日子的气味，几乎使我成了一个盲人。最后，怕往下泻沦于莫名其妙的牢骚或伤感，于是，这就算是我的自白。

那时的怪人怪事多，不过怪论发自怪老师之口，奇怪者也不奇怪了。于赓虞"才华横溢而性情峻急"，但人情甚不美。在北京，与新月派一干人马本来相处得好好的，却因坚持自己的诗风，对新月派主动疏离。《铭贤校刊》介绍新聘任老师的学历本是惯例，尤其这次新聘老师的数量之多与资历之高前所未有，但于赓虞偏不买账，不但坦诚自己在燕大"只是胡混了一个文凭"，且把在燕大入读的这段经历视为生命史上的一个污点。是觉得盛名之下的燕大其实并不如其校训所示"因真理得自由以服务"？还是燕大的学费太高，逼得他退学而以诗为生存之命？总之，他给了校方和一些学生"怪人"的印象。

大概是因为水土不服的缘故，到了铭贤，于赓虞三天两头地生病，当一次病得快要不行的时候，他竟写下了遗嘱。当学生在深夜里陪护他时，他有时会给学生们讲些世界上奇怪的事情，使学生或叹息或兴奋；有时师生都会沉默着，看着炉火听着风声，让双方的灵魂在无语里得到谐和。当陪侍他的学生走了之后，他一个人在寄宿舍里就开始凄凉地沉思，有时想起学校就在墓地里，古林里，就不敢再看窗外的月光。那时候，他真正感觉到了病人为何不幸："因为病人的心里最关心他的生命，他的希望，他的事业，且一切都在

于赓虞著《魔鬼的舞蹈》《孤灵》《世纪的脸》

于赓虞作　　　　北新版

渺茫中,宛如一个无舵的孤舟漂泊于汪洋。"

一次,于赓虞的病刚好,天又下了雪,便和一位郭姓老师到校外的山冈上呼吸湿润的空气,不料却在校园碰上一个因失恋而疯癫了的杨姓同学,把全校的人追得乱逃。当遇着于赓虞和郭老师,这位杨同学非要拉着郭老师给他恋爱,郭老师吓得丢下于赓虞就跑了,但杨同学立在于赓虞面前,沉思了一会儿,没喊也没闹,便默默地走开了。于赓虞对杨同学此举大为感触,他说:"我对他太严肃了,所以他无求于我;我看见他的创痛的灵魂,看见他的生命的惨伤,倘若他向我要他的恋爱,我一定给他相当的满意。因为他是基督徒,自然他的幸福与危害,某牧师一定得负相当的责任,我当时想领他到某牧师的女儿面前去忏悔,她虽然不是他恋爱的对象,但他总能知道即如牧师的女儿也不爱贫穷有为的青年!"

一九二七年十一月,于赓虞将与恋爱已久的北京女子师范大学学生夏继美结婚,于是向校方请辞,重返已改北京为北平的文化古都。临行前,许多学生要送他。他故意把走的时间说成是早晨四点,可他却在深夜两点就走了。他不愿看到学生们含泪的眼睛,惜别的情形,离开铭贤时,只有学校那个更夫为他收拾行李,之后,就是一个人来,一个人去地走了。

凌晨四点前,一帮学生到于赓虞的寄宿舍为他送行,但那已是满屋的空虚,没有了他们可爱的于老师的人影了。学生们怀着怅惘和失望的心情,给于老师写了一封信,倾诉他们的思念、失望和希望。一九二七年十二月十五日,于赓虞给铭贤的学生们回了一封很长很长的信,对让给他们指示

谢鼎洛为于赓虞诗集《世纪的脸》所作插图

出一条道路的学生说:"至于革命,固然是今日青年唯一的出路,纵然不怕流冤血,但是你们的心太老实了,终于还是失败。至于某先生让你们注重科学,为国尽力,也是出路,但他不该只要你们制造枪火,就如同他说的是从天文台去知道'宇宙观'一样的不对,也许他是美国的'留学生'别有见地,但英国的罗素却说那样的科学太没有仁道心。总之,路还得自己去找,苦还得自己去吃,别人所说的有一多半都是谎言。好在,你们的环境还不坏,有山麓,山巅,古林,野堤以及春天满院都是香花,有自己沉心思索的余地";对问他为何要离开铭贤的学生说:"我常说,虽然在太谷只九个月零一天的时间,但我所得到的知识比住十年大学还多几倍,他是活的人生,不是死的知识。教科书我觉得是废物,真正要想做一个人,非认真地去生活不行";最后,他祝给他写信的全体学生:"切实读书,切实思索,切实生活,切实去玩!"

于赓虞在铭贤,尽管时间很短,但他留给那时铭贤的学生,却是诗性的教育;于他自己而言,也是诗歌创作和诗歌理论最丰的一个时段。

于赓虞离开铭贤回到北平后,先在焦菊隐任校长的北平市立二中任教,主持无须社社刊《河北民国日报·鸮》,后又与庐隐等人创办华严书店,编辑《华严》月刊。在北平,他感觉风尘毒气遍地,除极少数的是例外,大多都是半生不死的,把人的思想,人的事业,人的友爱忘却了的人。他的诗作于是更多地写地狱和魔鬼,诅咒人世,悲哀而颓废,于是便有了"恶魔诗人"之称。

一九二九年三月,当时在法国里昂大学读博士的郭麟阁(河南西平人,于赓虞的老乡,后为我国著名的法国语言文学专家、翻译家),把于赓虞的《骷髅上的蔷薇》译给他的导师、著名的比较文学家卡哀·古昂教授。卡哀·古昂看后认为"这是一篇天才的作品,诗人有创造性的灵魂,把他手下的一切生物都弄得颤动。并且,诗人歌咏着人类的战栗"。

或许因为卡哀·古昂的欣赏,于赓虞在一九三四年出版《世纪的脸》时,写了一篇长达十三页的《序语》,批评胡适、郭沫若、汪静之等几位在五四时期"颇受盛大欢迎的人物","诗作的草率,正与他们所受的欢迎相等";对二十年代末期中国的普罗文学运动,也持批评态度:"在上海一大部分写诗的人都转变了,均以某种意识形态作骨髓写着所谓诗……那结果,不但使人忘记诗是艺术,且使情调也披上了虚伪的云衣……结果,我沉默了,整两年之久,没有写过一行诗。"也是在这篇《序语》里,于赓虞也表白了自己:"受了社会残酷的迫害,生活极度的不安,所以,虽然是同样的草原,同样的月色,同样的山水,我把别人对它们歌赞的情调,都抹上了一片暗云。又因为自己始终认诗是一种艺术,所以,在写诗时,不与流行的写法相同,不但在文字上有所选择,而且在形式上亦颇注意整饰,一个孤独的人与社会流行的风气相抗。"

这样的不从众,更不想跟着革命诗歌的节奏大喊大叫的唯美唯真的诗人于赓虞,在一九三五年夏季,到上海见了一直欣赏他的老朋友赵景深后,便搭乘一条以大仲马所著《侠隐记》人物为名的 Athos 号,到英国皇家学院研习英诗,追寻雪莱的诗魂去了。

一九五三年,于赓虞的老家河南西平县玉皇庙乡有人告发他在四十年代创办塞寨中学时,有"致死人命案"。这个案子,实则是请其八叔负责打井,在施工过程中一个农民掉到井里发生的致死事故,结果于赓虞被判刑十年。

一九六三年八月十四日,于赓虞病逝于开封家中。

二〇一六年四月

聆听老舍讲演

　　《老舍讲演集》是舒济在整理、编辑《老舍全集》中，从一百多次有记载的讲演中，精选了二十七篇编辑而成的;《老舍最后的声音——与日本友人的一次谈话》CD盘，则是老舍先生于一九六六年一月，对来华访问的日本广播电台（NHK）记者的讲话录音。此时，距老舍先生离开人世只剩下七个月。所以,这样读《老舍讲演集》,并聆听老舍先生的最后声音,才可以说是在"声情并茂"的同时，令人唏嘘不已的叹息每每无法停息。

　　《老舍讲演集》从时代上划分,可分两部分。一为新中国成立以前的,共十三篇;一为新中国成立之后的,有十四篇。这二十七篇讲演，虽然差不多都是文学和与文学有关的话题,但前一部分,讲得更为宽泛、渊博、精彩、幽默一些。如一九三一年至一九三二年在华北联合语言学院与美国加州学院中国分院联合举办的讲座《唐代的爱情小说》,一九四一年在重庆汉藏教理院所讲的《灵的文学与佛教》,一九四一年在文华图书馆学专科学校的《谈诗》,一九四二年在妇女辅导院的《妇女与文艺》，均给人一种博学深广的学者气度和风范；最能体现老舍精彩、幽默风格的讲演，则是一九三四年的《我的创作经验》和一九四三年在重庆文化会堂的《读与写》。在这两篇讲演中，老舍先生不但妙语惊人，而且妙语连篇。如：谈到他自己的短篇小说，老舍先生认为"连一篇好的也没有，勉强着写，写完了又没工夫修改，怎能好得了！希望发笔财，可以专去写东西，不教书，不必发愁衣食住，专心去写，写，写！'穷而后工'，有此一说，我不大相信"。讲完自己一天大概能写两千多字，但有时三天连一个字也写不出的痛苦后马上又说："我不知道天下还有比这更难受的事没有。我看着纸，纸看着我，彼此不发生关系……累人！就是写完一篇的时候，心中痛快一下，可是这点痛快抵不过那些苦处。说到这里，我不想劝别人也写小说了！是的，我是卖了力气。这就应了卖艺人的话了：'玩意是假的，力气是真的！'"谈到学习借鉴外国文学时他这样讲："法国文学与英国文学迥然不同，英国人所写的东西，好像一个人穿的衣服不十分整洁，也许有一扣子没有扣，或者什么地方破了一块，但总显得飘飘洒洒，法国人的作品则像一个美女要到跳舞场，连一个指甲都修饰得漂漂亮亮。所以法国的作品虽写得平常，因为讲究，总是写得四平八稳。好像杨小楼的戏一样。那些英国二三等小说，则好像海派的戏剧，以四十个旋子，六十个跟头见长。""我国的文学作品实在太不发达了，几百年来所产生的好小说极少，有一部《聊斋志异》，便出了许多什么志异，有一部唐人小说，也就出了些什么人什么人小说，有一部《红楼梦》，就接着出现青楼梦等，仅是这样的模仿，自然是黄鼠狼下刺猬，越下越不对。"此外，他还结合着自己创作《二马》的教训,告诫听众:"要知道,报告这种东西,很难成为一种很好的文艺作品。假如你存心要报告某件事,是以为别人不知道。文艺则最好是写谁都知道的事,这才是本事。"而老舍先生的深刻,在《谈诗》的讲演中更令人敬佩:"我觉得我们这个民族,很缺乏正义感,诗人感,马马虎虎,嬉皮笑脸,正是劣根性所在处。我们不必定作诗,但是须有诗人感;要有几根硬骨头,不出卖灵魂。诗谈的恐不很对,但这几句话也许不错。"

聆听老舍先生的讲演,不会像现今的报告演讲那么让人动情、激动,但他那独特的风格和魅力,对听众来说,绝对是一种乐趣,一种享受。我们现在不是呼唤新的文学大师吗?我想,有意成为新的文学大师的人,不妨在写不出的时候,读读老舍先生的这本讲演集,听听老舍先生最后的声音。或许这样,才能知道文学大师到底是个什么样子。

一九九九年五月三十日

《栗子》和萧乾讲真话的书

一九三五年"一二·九"运动爆发的当天,经杨振声、沈从文介绍,进《大公报》(时在天津)当编辑的萧乾先生,在当晚的新闻电讯稿中获悉北平学生的游行壮举以及有些学生被军警殴打受伤的事情后,于次日请假赶回北平。那天下午,刮着大风,他下了火车,看到站台里外排立着超出平日数目的兵士,闪亮着锋利的刺刀,对着每一个没有胡子的人咄咄逼视。他揉着混了沙子的眼睛,到了一个他称师傅的家。进了家门,师傅正在倾听一个年轻朋友诉说前门外军警毒打学生的事。看见萧乾来了,说,好,你莫急着回去 留在这里,立在群众里面,我们要身经这次的亡国。直到夜里十二点,宣武门胡同儿里还有狠心的警察追着徒手的学生狠命地鞭打:"让你再游行,再演讲,混蛋!"多少青年流了血,多少青年失了踪,只为着嘶喊出民族的自尊! 那一夜,萧乾无法安眠。于是,在心里记住了这个可纪念的日子。

第二天早晨,他去看望英国《每日先驱报》特派记者并在燕京大学兼课的埃德加·斯诺。斯诺夫人海伦也因军警毒打学生之事,神经受了过重的刺激,未能合眼,肩头披散着蓬发,如一女鬼。看见萧乾,一把抓着他的胳膊就嚷着:"中国人对中国人能那么狠,你信吗?"萧乾说不出话来。他想,奴隶照例是这种性情的。斯诺夫妇要走访几家医院,慰问被打伤的学生,萧乾陪着去了。顶着大风,他们走了几家医院。萧乾看到,"九·一八"时学生沿街乞募来的"抗敌"的大刀,如今是一刀刀地砍在这些年轻学生的头上了!后颈,额部,眉际,分裂开的鼻梁,斜剁成两半的嘴唇,最惨莫如工业大学那个被砍去了左臂的学生。这群刺伤了的绵羊,带着血渍躺在那里,还时刻关怀着国家的命运。国家却在他们挣扎于血泊中时,顺利地恭谨地捧给了狰狞的主顾了。

为了纪念这个"中国人对中国人竟能那么狠"的日子,萧乾先生于一九三六年一月二十三日(乙亥年除夕),在天津《大公报》报馆写出了《栗子》这个短篇小说。同年五月三十日,在上海,他把《栗子》《皈依》《矮檐》《昙》《鹏程》《参商》六篇小说结为短篇小说集《栗子》,并作了《忧郁者的自白》的代跋,交由巴金主编的《文学丛刊》出版。《栗子》被巴金列为《文学丛刊》第三集中的第二种于当年十月出版,第一种是叶紫的长篇小说《星》。

《栗子》写一对青年男女因参加"一二·九"游行与否而最终感情破裂的故事。女主人公于若菁积极参加这场爱国的学生运动,开会,印传单,在游行中右眼被扎伤,她的男友、警察署长三少爷孙家麟前来探视并劝她不要再参加游行活动,说:"我们还是我们,没人能分开,对吗?"于若菁对这种连国破人亡都不如爱情大的男友怒不可遏,沙哑着嗓子怒斥道:"我好了还要去干。我认不得你了。我讨厌你,你

萧乾著《栗子》

走你的路吧！"

《皈依》讲述了妞妞误入"救世军"，哥哥景龙得知后愤然闯进教堂，把她救出，从而引起东西方文化冲突的故事。这篇小说后被埃德加·斯诺收入所编《活的中国——现代中国短篇小说集》，由伦敦乔治·G·哈拉普有限公司出版，引起英美读者对中国人如何看待传教士的兴趣。

《昙》写了一个叫启昌的青年，为了维持生活，除了和母亲在牧师家做临工，还在洋学堂里半工半读。"五卅"惨案后，启昌毅然投入到罢课游行的队伍中，同时也让母亲离开了那位牧师家。

《鹏程》描写一位道貌岸然的刘牧师，诱导王志翔成了一个异于通常买办的人。王志翔凭着口齿伶俐，善笑眉眼，不但廉价买取了诚实大众的灵魂，还贩进一套"有人打你左脸，就把右脸也给他打"的奴才说教。

《参商》写一个虚伪、奸刁的李牧师，在恋爱哲学的背后，处处暗藏着杀机，致使娴贞上当受骗，最后被迫而死。

萧乾先生毕业于司徒雷登创办并长期主持的燕京大学，但《栗子》却以悲天悯人的宗教情怀成为另类"反基督教的小说"。对此，我并不十分惊讶，因为在《新文学史料》一九九一年第一期，他的创作回忆录之一《在十字架的阴影下》说得很明白："小说是生活的反映。我揭露并反对的是二十年代的强迫性信仰，以及宗教和帝国主义的关系，但不反对宗教本身。我尊敬耶稣这位被压迫民族的领袖……我经历的教会学校，那时《圣经》要一章章地死背，背不下来要挨罚。祈祷时有人监视闭不闭眼。教会及其附设的学校和医院，实权都由外国牧师掌握，因而就出现伪善吃教者。几十年后事过境迁,个人恩怨自然已淡化。然而重读旧作,我认为自己还是忠实于亲身的观察和感受的。"

我是在一九七九年才知道萧乾先生的。当年五月出版的《读书》杂志第二期,读到了他的《大公报文艺奖金》一文,原以为他是一个老编辑;随后买到他翻译的《莎士比亚戏剧故事集》《好兵帅克》《屠场》,又以为他是一个搞翻译的;紧接着在当年六月创刊的《当代》杂志上,读到他的长篇文学回忆录《未带地图的旅人》,方知在三十年代,他就是一个著名的作家和记者了。一九九三年,我调到山西省文史研究馆供职,由于萧乾先生是中央文史研究馆馆长,所以我更加注意收集他的著作了。

一九九五年,在北京东四古旧书店,我买到萧乾馆长的《负笈剑桥》(香港三联书店,一九八六年十二月)和民国二十五年十月初版、二十九年三月三版的短篇小说集《栗子》。一九九六年春节过后,我在这本《栗子》中附了一封信,寄呈给萧乾馆长,恳请为我题签。未久,萧乾馆长就将这本题有"喜见旧作"并签名钤印的《栗子》寄回给我。这使我在大为感动的同时,也有了把他各个时期所出书籍收集齐全的想法。三四十年代的《书评研究》《篱下集》《小树叶》《废邮存底》《落日》《梦之谷》《见闻》《灰烬》《人生采访》《红毛长谈》《珍珠米》等,虽不易访寻,但也搜寻过半,而写于四十年代并在英国出版的英文著作《苦难时代的蚀刻》(Etching of a Tormented Age,伦敦乔治·艾伦与恩温出版社,一九四二年三月),时任国民政府驻英大使顾维钧作序的《中国并非华夏》(China But Not Cathay,引导出版社,一九四二年十月),《龙须与蓝图——战后文化的思考》(The Dragon Beards Versus Blueprints,引导出版社,一九四四年五月),散文小

《萧乾散文》

说集《吐丝者》(又名《蚕》)(Spinners of Silk,艾伦与恩温出版社,一九四四年),长达五百余页、多视角介绍中国文化的文选《千弦琴》(A Harp with a Thousand Strings,引导出版社,一九四四年六月),则不敢有什么太大奢望。

一九九八年二月二十七日,我和内子到北京医院探望萧乾馆长。行前,本来想带几本他老的著作,请其题签,但转念一想,又觉不太合适,于是把已装入行包的几本书又抽了出去。当我见到萧老,谈起这件事,他马上问我:"傅光明你认识不认识?""不认识。""他去年编的上下两册我的散文集你有没有?""没有。""那我送你一套。"说着,萧老即让文洁若老师从床褥下拿出傅光明所编两大册《萧乾散文》(中国广播电视出版社,一九九七年五月),并用圆珠笔题写了:"丽娜、苏华贤伉俪指正。萧乾,九八年春。"随后,文老师也步萧老后尘,取出一本由百花文艺出版社所出她最新译著《十胜山之恋》,照"章"题款相赠。

萧老相赠的上下两册《萧乾散文》,对于有着收藏其书计划的我来说,实足珍贵。当我翻到《巴金与二十世纪》这篇文章时,我问,这篇就是您刊发在《文汇报·笔会》(一九九四年四月十四日,原题名为《更重大的贡献——巴金与二十世纪》)上的吧?萧老半眯着眼说,"是,收进集子里把'更重大的贡献'删掉了。"我说,我还记着巴金的一件事,每当年轻人举着本本让他给题字时,巴金总写"尽量说真话,坚决不说假话"。此时,萧老突然睁开眼睛问我,"巴金的《真话集》你看过没有?"我说看过。"那句说真话不容易的话记着没有?"我说记着,好像是"说真话并不容易,不说假话更加困难"。萧老说,"说真话真是很难,不讲假话也难。但我希望能把住不说假话这个关。"他还说，"不说真话，尽说假话的教训太深了。里面有我许多惨痛教训的回忆"……

不知不觉，探视已过两个小时，该带着继巴金《随想录》之后的又一种说真话的书《萧乾散文》告辞了。临出病房时，萧老让文老师给我拿几份报纸。文老师对此有点不屑："给人带那干吗？怪沉的。"萧老说："他们回到住地儿，闷了，也能看看。"边说边自己走进兼储藏室的卫生间里，找出一叠报纸，递给我，执意让我带回去看着解闷。

回到住所，我将报纸一一翻看，天呐——《光明日报》《人民政协报》《解放日报》《文汇报》《新民晚报》《南方日报》《深圳商报》《羊城晚报》，还有香港的《文汇报》《大公报》，除了香港的，都是二月二十日的。看着这些报纸，想起萧老在病房所说："还差不到两年，我就将成为一个九旬老人啦！尽管我对这个'老'字至今还有所不甘，可再也没法躲藏了……"我不禁有些伤感。

一九九九年二月十日，我由广州返到北京。从机场到住处，途经东长安街时，还往通向北京医院的那个路口凝望了瞬时。年前年后，也不知多少次路过这里，有友人同行，我总会说，萧乾就住在这儿，每天总要写些"尽量说真话，坚决不说假话"，而且不满足于这种"尽量"说真话状况的好文章；独我一人，则会在张望的同时，老是默念着这样的忏语：你是和萧老有约的，但凡到京，一定要来探望他老的！怎么老是想着去，而最后总是匆匆忙忙地想着"下一次吧"就走？人到中年大概像我这样的少，而像我这样不惑者更少，尤其是在这种事上。此次又是如此。

两天后回到太原，参加省府参事、文史馆员的迎春团拜会,忽听萧老于二月十一日晚六时逝世的噩耗,顿时惊愕了半天,也痛悔了半天:若是我在十日或十一日去给萧老拜个早年,即使正在抢救之中,也算是心口如一了。但我却偏偏坚信已经同肾疾顽强地斗争了将近十九年,而且在一九九八年一月二十七日八十八岁生日那天,还豪迈地表示一定要写下去的萧老,在文洁若老师的悉心照护下,肯定会与我们这些热爱他的读者朋友年年来相会的。哪里想到,事不过年,我的"下一次"就再也没有什么意义了。

从此以后,《萧乾散文》这部继巴金《随想录》之后的又一种说真话的书,就成了我怀念并纪念萧老的最好读物。

一九九八年二月十二日

一代报人徐铸成的回忆录

　　近些年是说真话的回忆录大盛年。在众多值得一读的回忆录中,《徐铸成回忆录》(三联书店,一九九八年四月)尤值细读。说此书值得细读,原因有三:一、有史家笔。"于人,不囿于成见,不'以成败论英雄';于己,既不乱涂白粉,也不妄加油彩,一切本着实事求是的精神,尽量详尽地回忆过去所经历的事实。至于功过是非,则一任历史加以评说,自己少发议论。"(《徐铸成回忆录》,《我为何写回忆录·代序》,一页)二、有大量的自鉴史实。诚如作者所言,"我生于前清末年……在这漫长而曲折的六十年时日中,我曾五次亲自创建过报馆,又曾五次亲手埋葬(被封或被迫停刊)它们。其中经过,也许只有我一人明其前因后果。至于所接触过的历史事件和历史人物,更难屈指数。为了对历史负责,我也该趁记忆力尚未完全衰退之际,抓紧时间,尽可能加以回忆,如实地写出来,公之于世"(同上,二页)……三、民主报人的办报呼声和为之奋斗的坎坷生涯。用其子徐复仑先生的话说,"父亲的一生,其实只做了两件事:一件是办《文汇报》和《大公报》,另一件是当右派。"(同上,四二四页)对这两件事,徐铸成先生认为也之所以一夜有名, 就在于他主笔政时坚持的立场是:"一张真正的民间报纸,立场应该是独立的,有一定的主张,勇于发表,明是非,辨黑白,绝不是站在党派中间,看风色,探行情,随时伸缩说话的尺度,以乡愿的姿态,多方讨好,侥幸图存。"(同上,郭根《记徐铸成——我所知道的一个自由主义报人》,一五五页)而当"右派",是因为徐铸成先生不习惯新闻战线当时的"老区方式,苏联套套,只能老实学习,不问宣传效果"的必经"改革"之路,"思想未通即先歌颂,每以此为苦。"(同上,一九〇页)于是在"新的一代,则致力于思想之奋进,对读者,偏于注入式的灌输,不讲宣传实效"的模式下,总想"重视新闻的客观规律,却被视为资产阶级的办报观点。"(同上,三八二页)

《徐铸成回忆录》很少铺陈。如,第一章"负笈求知",大多只记学业。尤以高小二年级起,即喜读报纸为详。考入名重一时的无锡省立三中后,徐铸成常到阅报室阅读《申报》《新闻报》《时事新报》《时报》《民国日报》和当地版的《无锡报》《新无锡报》不忍去。其中《申报》上的《飘萍北京特约通信》,《时报》的《彬彬特约通信》,《新闻报》的《一苇特约通信》,对其有着极大的吸引力。这些通信,因"有最新的信息,有内幕新闻,剖析入里,绵里藏针,而又文辞秀丽,各有特色",所以每篇都不肯轻易放过。那时,他初读《史记》,深感这些优秀的新闻记者,"具有史家的品质学养,是救国不可少的崇高职业",于是从心底开始向往新闻工作。可说是少年有志,而志又成的一个典型。一九二六年,徐铸成借同学文凭考入清华大学一节,所记清华园建筑的美轮美奂,设备完美而"现代化",在我读过的不少书和文章中,也是不多见

《徐铸成回忆录》

的。"主持笔政"一章,可圈可点,可敬可佩。最富兴味的莫如敌伪对其所写社评恨之入骨,几次欲断其手笔,终没得逞的"炸弹与水果(打了毒针)"的记述。"民主报人"一章,最精彩的当属"阳谋"亲历记这一段。不过,读后则让人叹惜不已。《大公报》当时标榜的"不党、不卖、不私、不盲"的"四不主义",在徐铸成先生这位民主报人身上,随着时代的变迁,理解为新闻记者人格、品德和报格的普遍规律,等等,并在大难之后,仍觉"深合我心",实为一件应当仔细研究或思考的事。而最后一章"游历著述",则是对其所言"历史是昨天的新闻,新闻是明天的历史",所做的最好注释:从一九七七年至一九八七年,徐铸成先生共撰写了包括本书在内的十八本专著和回忆文集,四百多万字。如,《报海旧闻》《旧文杂忆》《旧文杂忆·续篇》《旧文杂忆·补篇》《风雨故人》《报人张季鸾先生传》等,都是深受读者欢迎的追忆平生往事,缅怀故旧好友,记述逸事珍闻,释惑解密的好书。

读过《徐铸成回忆录》后,上述这些专著和旧文杂忆是不可不读的。因为好的回忆录,一般说来要严谨许多,传主多用平淡质朴的字句,而少活泼,《徐铸成回忆录》似也如此。在我读过上述这些集子后,反倒感觉徐铸成先生的文笔很活泼,且有兴味,与其传记有大不同。造成这种落差,大概是因《徐铸成回忆录》中的一些段落,已在追忆平生往事的结集中读到过一部分,所以不能一页页一行行地读下去,但书中所引从没见过的日记部分,却引起我极大的阅读兴趣。

一九九八年十二月十八日

王同惠的《花篮猺社会组织》

　　君子雅意,以书相赠;君子相交之深,莫不以友人所好而遍寻不得之书,在冷摊碰到后,自己无用,毅然买下,赠送有用的友人。然而,对于学术训练浅薄的我来说,有时收到友人相与的这种好书,竟会视为"铁链"——人与书,书中的人和书,书外的书跟人,一环套一环,有时可以解套,有时却又被书套死。老友谢泳早年送我的一本王同惠著《花篮猺社会组织》,即是被我畏为"铁链"的一本书。

　　二〇〇〇年四月,我在《文汇读书周报》刊发了一篇小文《从费孝通的三本书说起》,这三本书是:费孝通翻译的英国人类学功能学派创始人马林诺斯基的《文化论》(商务印书馆,一九四四年七月)、《乡土重建》(上海观察社,一九四八年八月)、《我这一年》(三联书店,一九五〇年八月)。当年的八月十三日,是个星期天,我到山西省作家协会谢泳家聊天,他把五月间在上海买得的一本王同惠著《广西省象县东南乡花篮猺社会组织》(按:瑶族在新中国成立前,被称为傜人、猺民,本文依据作者写作年代的不同,分别采用,不作统一;书名以下引用时简称)送给我,并题记:

"五月间,在上海购得此书。苏华兄对费孝通的著作颇多留意。此书为费孝通整理,送苏华兄存念。谢泳。二〇〇〇年八月十三日于太原南华门。"当我看到谢泳专门买下送我的这本书后,感激之情不禁油然而生,当下就对谢泳说,我要为这本书写一篇文章。事过多年,应诺的文章一直没有写成。聊以自慰的是,这本书并没有束之高阁,每逢看到相关书籍和文章,时时会从书柜里拿出来看看。当我选编《书边芦苇》二集三集时,终于决定补上这篇愧疚已久的小文。所以,这是一篇晚写了十五年的文章,也是弥补老友期许的一篇道歉之文。

《花篮瑶社会组织》,我的印象中一直为费孝通和王同惠合著,何以商务印书馆的这个初版本著作者是三同惠?而且既没有出版时间,也没有定价?看了该书费孝通《编后记》中的一段话,我的疑虑才打消。他说:"我既不死,朋友们一路把我接了出来,我为了同惠的爱,为了朋友们的期望,在我伤情略病愈,可以起坐的时候,就开始根据同惠在猺山所搜集的材料编这一本研究专刊。这一点决不足报答同惠的万一,我相信,她是爱我,不期望着报答的,所以这只是想略慰我心,使我稍轻自己的罪孽罢了。"(《花篮猺社会组织》,五十一~五十二页)费孝通所讲"根据同惠在猺山所搜集的材料编这一本研究专刊",或许是他将《花篮猺社会组织》定为王同惠所著、他编这本书的最初依据;当然,感情色彩更浓于王同惠在瑶山所搜到的材料。其后,费孝通又讲了印刷该书的经过,即这本书很可能是自付印费,所以商务印书馆才没有在版权页标明印数、版次和出版年月:"在上海我遇见了老友薛君文雄,靠了他我能把印刷该书的事务交出,独自返

廣西省象縣東南鄉
花籃猺社會組織
王同惠著
商務印書館發行

廣西省象縣東南鄉
花籃猺社會組織
王同惠著
商務印書館發行

王同惠著《花篮猺社会组织》

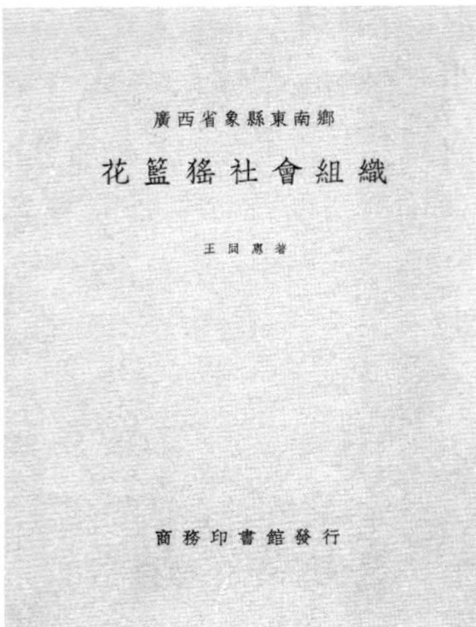

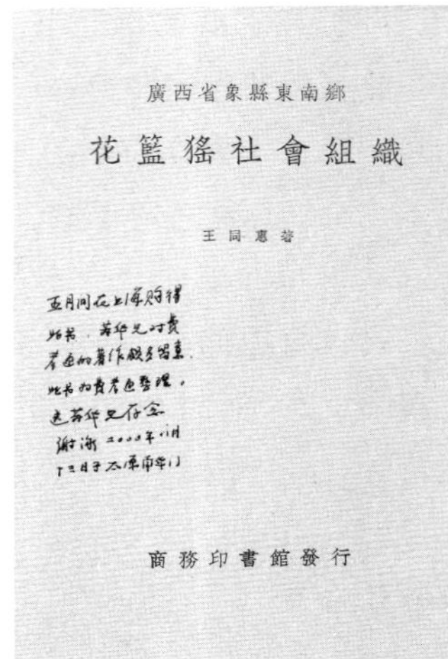

平。"商务印书馆初版与江苏人民出版社重印《花篮瑶社会组织》(一九八八年十一月)，署名为何不一致这个疑问打消后，我有三个问题一直想搞清楚：一是很奇怪费孝通在整理编辑王同惠的这本遗著后，为什么要把此书"敬献于以学为国本的张君劢先生"？二是王同惠短短三年的学术成就如何判定？三是王同惠最初的墓和墓碑到底在何处？

第一个问题，很快找到答案：张君劢在燕京大学任教时，通过吴文藻介绍，费孝通认识了张君劢，并常去听他的哲学课，还为张君劢在北平创办的《再生》杂志投稿。从清华研究院硕士毕业后，费孝通的导师、俄国人类学奠基者、现代人类学先驱之一史禄国，让他到少数民族地区调查一年之后，再申请公费出国进修。当时新桂系正在通过教育和调查手段推广对"特种部族"的新政，经张君劢帮忙联系时任国民政府军事委员会委员的李宗仁，李宗仁又与时任广西省政府主席黄旭初打招呼，广西省政府同意给费孝通、王同惠提供调查经费，费孝通、王同惠的大瑶山人类社会学之调查才能成行。

后来我又寻访出，费孝通和王同惠之所以感谢张君劢，似乎还不仅仅基于助其获得广西官方调查经费这一项，在王同惠尚未去世之前的《宇宙旬刊》第三卷第八期(一九三五年十一月二十五日)，费孝通和王同惠共同署名的《为调查研究桂省特种部族人种》即刊载其上；王同惠去世后，《宇宙旬刊》第四卷第三期(一九三六年二月五日)，又将其未载完的《为调查研究桂省特种部族人种》刊发了出来。《宇宙旬刊》是以张东荪、张君劢、罗隆基等人为核心的中国国家社会党所办党刊《再生》的第二个刊物，一九三四年十二月十五日在香港创刊发行,由孙宝毅主持编务,主要宣传国社党反对国民党,再造"中华民国"的各项主张,形成与北平的《再生》周刊南北呼应的阵势。我曾在二〇〇五年四月二十八日的《南方周末》上,看到过《费孝通与朱学勤访谈录》。费孝通在这篇访谈中提到:"孙宝刚(费孝通在东吴大学时的好友)当时同张君劢在广东的一个什么学院,知道(费孝通和王同惠一伤一死)后赶来桂平,他把我背出来,顺着西江坐船到广东,他照顾我从广西一直到梧州,送我到了医院。大概路上耽误一个月,当时到广西大学。"费孝通所说的孙宝刚即是主持《宇宙旬刊》的孙宝毅的兄长。由此判断,他和王同惠共同署名的《为调查研究桂省特种部族人种》未载完之篇章,大概就是由孙宝刚带回到广州交由其弟孙宝毅,或是费孝通在广州柔济医院治疗足疾时,通过张君劢刊发的。费孝通的这么一句话:"这里面故事长了,你们可以当故事来听,我都没有写出来……"也影响到我对第三个问题"王同惠最初的墓和墓碑到底在何处"的判断。

第二个问题,认真看过《花篮猺社会组织》王同惠所写的社会组织部分,再循着吴文藻为这本书所撰写的长篇《导言》,王同惠的学识和学术研究水准也逐渐地清晰起来。

一九三二年,比利时来华传教士许让神父(Schram,L.L.中文名康国泰)在西宁传教时,用法文撰写的《甘肃土人的婚姻》一书,由上海徐家汇天主堂印行。吴文藻在讲"文化人类学"和"家族制度"课时讲到了这本书,由是引起王同惠的注意,并立志要把这本书翻译成中文。当时刚修法文三年的王同惠即有这种心志,连费孝通都不大明白这是为什么。他在《甘肃土人的婚姻·中译本序言》(Schram,L.L.著,费孝通、王同惠

　　费孝通与王同惠在蜜月期间(选自费皖编《费孝通在二
〇〇三》,中国社会科学出版社,二〇〇五年十一月)

译,辽宁教育出版社,一九九八年十二月)中说:"这本书在当时人类学界并不能说是一本有名的著作,许让神父在人类学界也并不是个著名的学者。同惠怎么会挑这本书来翻译的呢?她没有同我说明过。"当费孝通与王同惠有了"穿梭往来、红门立雪、认同知己、合作翻译的亲密关系"之后,费孝通感叹道:"她的法文还不过三年程度,就是说她只学了三年法文,就有能力和胆力翻译这本用法文写成的人类学调查报告了。她学习语言的能力确是超越了常人的天才,一般大学生是做不到的,何况她又不是专业学习法语的学生。"费孝通的法语水平如何?据自述:"我这时正在为清华研究院毕业时需要考试第二外国语发愁。我的法文刚入门不久,进步很慢。我就同意她对着原文,按她的译稿边学边抄,作为补习我的第二外国语的机会。"由此可以推断,完成于费孝通和王同惠蜜月期间的这本《甘肃土人的婚姻》主译该是王同惠。另据吴文藻对王同惠的评语:"思想超越,为学勤奋,而且在语言上又有绝特的天才。""语言的绝特天才"是成就一代学术大师的必备条件,何况王同惠还能操各省方言。由此可见,王同惠在赴广西大瑶山进行人类社会学调查之前,已具备了相当的学术训练和超人的学术意识。王同惠在和费孝通译《甘肃土人的婚姻》时,曾问过费孝通:"为什么我们中国人不能自己写这样的书呢?"(《青春作伴·青春作伴好还乡》,一二七页,华文出版社,一九九九年二月)即是明证。

由于学术生命短暂,我所能看到的王同惠留下的文字,只有连载在北平《晨报》和天津《益世报》上的《桂行通讯》中的五篇旅行记《百丈村》《门头猺村》《六巷(一)》《六巷(二)》《六巷(三)》,以及《花篮猺社会组织》中由王同惠分工担任的社会组织研究部分。王同惠所执笔的这五篇旅行记，事由写得一清二楚，途中行脚费用，记得颇为详细，亦插有对广西问题的所见所思，一种女性对事务的敏感性时时跳跃纸上。散文水平，足以和民国时期女作家相媲美。而《花篮猺社会组织》，语言风格仍是中国式的，明白通畅。前三章，讲家庭组成和婚姻风俗，即使采用的是人类社会学调查研究的剖析法，至少从我个人来看，把一个充满着友爱的世外桃源，写得那么引人入胜，与一篇结构更加紧密，体例更为完备的散文也没有什么不同。

王同惠的《花篮猺社会组织》，并不是开创中国民族学田野调查的先河之作，也不是中国民族学实地调查的最早作品——早在一九二八年，德国汉学家颜复礼和获德国汉堡大学民族学博士学位的商承祖，就受中央研究院蔡元培院长委派，前往广西凌云县进行实地考察，并于次年出版了《广西凌云瑶人调查报告》；王同惠也不是对金秀花篮瑶进行实地调查的第一人，在她之前，一九二八年五月十日，生物学家和农史专家辛树帜就曾率领中山大学动植物标本采集队来到过这里。时为中山大学动物学系助教的任国荣，除了有著名的《广西大瑶山鸟类之研究》专著之外，还撰写了《瑶山两月观察记》。任国荣的后一本著作内容广杂，涉及大瑶山的地形地貌、交通现状、金秀瑶族人种分类、婚外两性关系、社会组织、饮食居住、土产买卖、婚嫁丧葬等内容。多年之后，他将《瑶山两月观察记》及其后又赴广东北江瑶山调查所写《广东北江瑶山杂记》合在一起，定书名为《两广瑶山调查》，于一九三五年九月由中华书局出版。虽然均为对广西瑶族的田野调查，但王同惠实地调查出的大瑶山瑶民

王同惠摄一九三五年时的花篮瑶六巷前村全景

社会基本结构,是从家属出发,再由亲属关系延伸到民族关系的结论,却是任国荣的两种著作所没有的。

我以为研究者对王同惠的调查方法、学术研究的思路和贡献,并没有多加关注,研究的深度也不够。如,王同惠确定了金秀大瑶山五个瑶族族群的称谓,深入细致地描述了花篮瑶的家庭生活和社会生活状况,发现了花篮瑶社会人口停滞和减少的现象,揭示了大瑶山土地占有形式和族团之间的矛盾关系,并对族团矛盾关系发展走向做出了准确的预测。此外,还发现了三件石牌,剖析了石牌制度的内涵,留下了十五帧珍贵的历史照片,等等(韦杨,《重读〈花篮瑶社会组织〉》,《百色学院学报》,二〇〇六年十月,第十九卷第五期,十五~十七页)。殊为遗憾的是,在比较《为调查研究桂省特种部族人种》和《桂行通讯》《花篮瑶社会组织》《关于追悼同惠的通讯》文本上的异同方面,亦没见有人进行研究(《为调查研究桂省特种部族人种》一文,《费孝通文集》没有收入;由内蒙古人民出版社出版的《费孝通全集》是否收入,因我没有购买,不得而知)。

第三个问题,一九三五年十二月,中国学界相继发生两起在调查考察期间因意外而损失巨大的事:十二月九日,无与伦比的地质学家丁文江在湖南谭家山煤矿考察时因煤气中毒,宕延多日,终在次年一月五日遽尔长逝;十二月十六日,王同惠为救失足于瑶人设下虎阱中的费孝通,失足坠崖,溺水而亡。中国地质学界和科学界失去丁文江的损失,当时的学人多有论述,而对王同惠在治学之始就罹难,谈论更多的则是她与费孝通长存不朽的爱情轶事。就其身后哀荣而言,两者是没法比的:丁文江逝世后,一九三六年一月十八日,中央研究院在南京和上海两地同时举行追悼会;而还是学子的王同惠则被费孝通的燕京老同学黄石埋葬在了梧州白鹤山上,没有任何追悼仪式。

中国传统士绅阶层,无论人名显贵与否,家里若有可资纪念的人去世,一般都会请名家写一篇墓志铭或墓碑文。所以,我不太相信王同惠救夫治学之事只限于吴文藻为《花篮猺社会组织》所写"导言"中的一段话,于是开始翻看《费孝通文集》。在费孝通于广州柔济医院写给后为人类学家、社会学家林耀华等朋友的《关于追悼同惠的通讯》(《费孝通文集》第一卷,三六二页),我看到如下记述:"我殓同惠在江口,我抛下她,一个人到梧州,又到广州,离她日远。在一两个月内我的脚还不能自由行走,所以不能就安葬她。我这浮泊的生涯,本已泊住了港,狂风又把我吹入深海,不知又要飘到何处。所以我决定要把同惠葬在一个公共的场所,我明知道漂泊的生涯不会允许我的骨头将来也附她葬,在她寂寞的孤坟上,只能让后世的同情者来凭吊了。省政府已下令让同惠葬在广西大学并立碑记事以垂永久。若是朋友中有过梧州的,总望大家能去看看她,我总觉得她是没有死,不过睡着罢了,寂寞冷落地睡着罢了。"广西"省政府下令让同惠葬在广西大学,并立碑记事以垂永久",这是一条王同惠葬在何处的线索,我顿时记住了。我想,费孝通父亲费玄韫(一八七九~一九六九,先字元煋,后改璞安,以字行),曾为生员,一九〇五年赴日本留学,毕业于东京宏文学院师范科。回国后曾任教于南通州民立师范学校,一九一一年当选为吴江县议会议长。辛亥革命后,先后在吴江创办县立中学、蒙养园等。二十年代末三十年代初,担任江苏省教育厅督学,极受苏沪两地文人雅士敬重,不会没有关于费孝通、王同惠广西大瑶山之行的文字记载。因我不做费孝通的专门研究，这个疑问一放就是七八年。

二○○八年，我买到辛亥革命老人、近代诗人金天羽所著《天放楼诗文集》(上海古籍出版社，二○○七年十一月)，在"文言遗集"卷三，看到其为王同惠所作近一千三百字的碑文《救夫殉学王同惠女士墓碑》(同上，一○八二～一○八五页)，存疑了多年的问题迎刃而解。始确信，当年费孝通所述广西"省政府下令让同惠葬在广西大学，并立碑记事以垂永久"之事无疑。金天羽(一八七三～一九四七)，字松岑，与费璞安友善。我从其为王同惠撰写的碑文中得悉"孝通入东吴大学，兼从余习《太史公书》"句，猛然想起《费孝通文集》有一篇回忆文章《〈史记〉的书生私见》，记述他父亲对他当时所发表的作品不满意，由是领他去一位老先生府上鞠躬行礼拜师，礼毕，那位老先生带着一点商榷的口气对费孝通父亲说："那么，就让他从《史记》圈起吧。"(《费孝通文集》第十二卷，四一六页)费孝通这篇文章中没有点明他所拜师的老先生尊姓大名，岂不就是金天羽吗？尽管费孝通在该文也说到金天羽"还写了一篇纪事，收入他的《天放楼文集》中，可惜我在解放后重回故乡时，他已去世，连文集都没有看到。"(同上，四一七页)但我仍确信金天羽的《救夫殉学王同惠女士墓碑》，是为广西省政府下令在广西大学安葬王同惠，"立碑记事以垂永久"而撰。因为金天羽所撰文体明明确确是墓碑而不是墓志：墓志文字是陪着传主埋在坟墓里的；墓碑之文是为死者歌功颂德，立在坟墓前的。

寻着金天羽的这篇墓碑文中"其父慎九，为河北望都县宰"的线索，我又查到王同惠父亲叫王德幹，字慎九，亦为燕京大学毕业（也许不确），民国十九年后曾任河北南皮、望都县长，任内修纂过《南皮县志》《望都县志》，并撰《望都金石志》。由此我想：王德幹对于女儿的死，怎能没有文字留存？

二〇〇九年，我在查找孙中山先生的坚定追随者、民国"在野要人"何澄在著名报人钱弥尘所办《大众》月刊刊发讽刺汪伪汉奸的打油诗作时，意外地发现被誉为"中国通俗小说之王"的包天笑，在一九四四年该刊六月号，竟撰有长达三页的《王同惠女士》一文。该文是在金天羽《救夫殉学王同惠女士墓碑》和《花篮猺社会组织》一书的基础上写成的，史料价值不大。说意外，是因包天笑这篇《王同惠女士》之文，并没有在目录上显现，而是隐藏在内文其专栏"秋星阁笔记"名下。据我目力所见，这是除学界内人士，第一篇彰显王同惠救夫殉学的文章，与社会传播有助推作用。

过了两年，我买到费皖所著《我的叔叔费孝通》（辽宁人民出版社，二〇一〇年十月），在其第十七章"石碑埋又立"，所讲王同惠墓从立到毁，再重立的经过甚详，但我所关注的金天羽所撰碑文不在其上，而是费孝通自撰的一通碑文："吾妻王同惠女士，于民国二十四年夏，同应广西省政府特约来桂研究特种民族之人种及社会组织。十二月十六日于古陈赴罗运之瑶山道上，向导失引，致迷入竹林，通误踏虎阱，自为必死，而妻力移巨石，得获更生。旋妻复出林呼援，终宵不返，通心知不祥。黎明，负伤匍匐下山，遇救返村，始悉妻已失踪。萦回梦祈，犹盼其生回也，半夜来梦，告在水中，遍搜七日，获见于滑冲。渊深水急，妻竟怀爱而终，伤哉！妻年二十有四，河北肥乡县人，来归只一百零八日。人天无据，灵会难期，魂其可通，速召我来。中华民国二十五年五月费孝通立。"费孝通曾经的古文师傅金天羽所撰王同惠碑文,是什么原因被费孝通亲自撰写的这通所代替? 王同惠到底葬在哪里? 是广西大学所在地梧州蝴蝶山,还是什么地方? 费皖只是说"安葬在梧州市一处基督教墓地"。这个问题讲来讲去,仍不清楚。我的私见是:王同惠原来是准备葬在广西大学的,金天羽所撰《救夫殉学王同惠女士墓碑》也是为安放在广西大学的这座大墓而写的, 不然不会有长达一千三百余字的碑文;后来事情生了变故,墓地改了地方,墓碑也变小了,费孝通依据人们现在能看到的这个王同惠墓的大小,撰写了费皖所记的这个碑文。

因了谢泳送我王同惠所著这本《花篮猺社会组织》,这十几年间,阅读的喜悦与悲伤,以及一些解不开的困惑,时时伴随着我。但历史的细节总是迷人的,每当有了新的材料发现之后,总有一种莫名的欢愉。目前我能交出的阅读答卷只能是这个样子了。早年,费孝通编、王同惠著《花篮猺社会组织》,可能有感情色彩;晚年,当《花篮瑶社会组织》重新出版时,费孝通与王同惠合著也绝无问题,我只是期望有专深研究者,对王同惠这位非凡的"救夫殉学"的女学人,做出更为扎实可信的研究成果。

二〇一六年十月三十日

面对《殉道者》

　　"殉道"一词,已在《现代汉语词典》,包括新的修订本中看不到了。但在《辞海》《辞源》和一九三七年商务印书馆出版的《国语词典》,以及新中国成立后由《国语词典》删节而成,改名为《汉语词典》等辞书里,还有条目可查。释义差不多:"谓舍身以就正义"或"为正义而死也"。其实,若寻词源,孟子的话根本就是现代汉语的实话实说:"天下有道,以道殉身;天下无道,以身殉道。"然而,就在这个词快要从我们生活的语境中消失的时候,青年学者万同林又将这个词深烙在我的心中。因为,他写得不仅是"舍身以就正义"的胡风一人,而是胡风及其同仁们。所以,他的《殉道者——胡风及其同仁们》(山东画报出版社,一九九八年五月),以"殉道者"通览,是极有审视历史的眼光的,也是符合本书内容的再好不过的一个书名。

　　《殉道者》中的人与事,许多人并不陌生;书中所用材料既有作者的首次访查,也有旧材料的归纳使用。只就史料本身而言,可以说是一本有关"胡风反革命集团"冤案始末的精华汇编,就如同一九五五年陆续出版的那许多《坚决彻底粉碎胡风反革命集团》之类的批判文章汇编一样。不一样的是,《殉道者》的材料是真的实的,而《坚决彻底……》之类是假的空的。如果万同林只是编了这么一本"资料汇编",也只是为方便读者和研究者作了一件省得四处查找的好事,那也就没有太多可谈论的了。关键是,万同林在这些已被人知悉的材料基础上,思考和整理出许多值得我们进一步深思和研究的话题,这不能不让我怦然心动。我感到,有这么三个问题确实需要我们再思索:

一、"胡风及其同仁们在殉道的历程中,就获得了灵魂的升华;他们因代表一个时代的良知而进入历史,并将成为整个民族的骄傲与鉴戒。"(《殉道者》《自序:贯彻奇骨》,三页)我对万同林的这一结论深表赞同之外,还是有所踌躇。因为除了胡风及其同仁们和一些反思何以从积极参加"思想改造",落入"反右"直至"文革"深渊的人们,有谁真正将胡风及其同仁们视为整个民族的骄傲与鉴戒?

二、万同林对胡风的文艺批评和文艺理论极为推崇。对胡风作为一名思想战士,在大难临头之时,依然坚持自己的文艺思想,"抗拒命运,抗拒认同,逆流而上",勇讲真话,信念不变,甚至不惜以自己的生命进行抗争,从而"有别于中国现代文化学术史上的其他一般作家"的"胡风精神",表示出由衷的敬佩。胡风的这种战士精神,当然很令人佩服,但由此便说"他以毁灭自我的勇气,同时被一批仁人志士所追随,完成了'知其不可为而为之'的人间地狱之行,在漫长的磨难中以自己及其同行者的牺牲,启迪了同时代人与后来者的觉醒"(同上,四三八页),我总觉过于乐观了一些。君不见,

胡风

万同林著《殉道者》

有多少文艺界人士是真心赞赏"主观战斗精神"和揭示"精神奴役的创伤"？又有多少同时代人与后来者从胡风冤案中觉醒,哪怕是向胡风及其同仁们说一句道歉的话,行一个敬佩礼？更令人担忧的是,又有多少人从胡风及其同仁们殉道的惨痛教训中,汲取了另一种经验教训:即,该在说"假大空"的场合说上一通"假大空",该在表露自己心迹合适的时间,合适的地点,合适的人选,才说出自己的真话、心里话！我想,现在在某些场合虽然可以说真话了,但仍有这种不敢在"全天候"的情况下,斗胆说出真话的实情存在,这还不能算作是"启迪了同时代人与后来者的觉醒"。

三、万同林在第五章《改造:妖魔化与被妖魔化》,有着一个十分有趣的话题,这就是"掘开大批判话语的源头"。他从语言学的视角研究发现:从二十世纪五十年代至七十年代,意识形态的主流构成了大批判的时代。这期间,批判性的语汇和词句,构成流行语言中最炽热的成分,而一九五五年胡风事件的发生,掘开了一个时代的语言源头,宣告了大批判话语全面覆盖社会的开始。他还举例了当年几家大报的"社论"标题,几乎清一色都是各个领域最知名人士的部分批判文章的标题,以及当年的批判文字和发言反复出现的一些语汇。而这些批判胡风及其同仁们的文章标题和语汇,在其后的"反右"和"文革"中,只要随便换上一个人名,这张大字报就可以原封不动地照搬到每个被批判者的头上。

万同林还认为,五十年代的批判胡风运动,致使文化领域和知识界首当其冲发生精神蜕变,形成一种牺牲文化、葬送现代文明的整体社会氛围、集体意识和时代人文环境,并至少留下了三个后遗症:

一、制造了覆盖全社会的流行性批判话语。

二、制造了群众运动所必须或赖以发动的表演性人格面具；人人表态成为运动"过关"的程序，出现了所谓既没有说话的自由，又没有不说话的自由，以至让"真实的谎言"变成流行的誓词。

三、制造了思想意识罪案的政治化处置模式，许多知识分子不但丧失了行动的自由，甚至失去了内心思想的自由。

这是一个很切时弊，很切中要害的分析。时至今日，在耳熟能详的各种语汇的逐流中，我们不是依然可以看到、听到这种源于批判胡风运动才兴起的污浊语汇吗？"文革"已经过去这么多年了，这种妖魔化与被妖魔化了的大批判话语，究竟凝固在哪些人的骨子里？究竟何时才能断绝于耳？这不能不说是一个严肃而有意义的话题。

我将《殉道者》视为中国知识分子不可不读的好书之一。因为这里不但有殉道者历史的身影，更有着"天下有道，以道殉身"的不屈风骨。

一九九八年八月二十一日

刘绍棠《如是我人》

一九九五年三月二十八日,刘绍棠先生给我来信,告我两件事:一是经北京市委批准,正式成立了刘绍棠乡土文学研究会;二是美国传记研究院通知他为"领导世界潮流五百人"。当时我不知道美国传记研究院评出的"领导世界潮流五百人",究竟是由哪些人构成,也不知道这五百人中有几位作家,亦不知道评选刘绍棠先生为"领导世界潮流五百人"的理由是什么,甚至也不清楚这个"领导世界潮流五百人"的评定机构是否权威,这五百人被世人认同的百分比高达多少。直到我读了《我是刘绍棠》,才惊讶地发现,他对此已有非常清醒地认识:"进入八十年代,我被编入英、美、法、澳、印、日各种名典,载入形形色色名人录。新华社、电台、报刊都做过报道,我也曾暗暗感到高兴,虽然没有面露骄色,得意忘形。一两年后,事情不妙了。在要求补充填写成就的来函中,同时也附上了订书单,每册一百多英镑,优惠也得六七十英镑。如果认购若干册,还可以得到奖状和奖章。我国某些人士自欺欺人,竟偷换概念,把'奖'章译成'勋'章,糊弄不知实情真相者。何物'洋奖',原来如此！我自认为头脑还算清醒,仍然被花样百出的洋人耍了。还是多加小心,少些个'一不留神'吧！"(《我是刘绍棠》,五十一页,团结出版社,一九九六年九月)评定刘绍棠先生为其领导世界潮流五百者之一,我想肯定不是因为他是"持不同政见者",而是因为他持全球人类相同的政见——保护和珍惜我们自己的家园,长期倡导和坚持不懈地写乡土文学。

我与先生从未谋面,但他是我的祖籍京东蓟县一带的作家,因为乡土之风,我父亲极爱看他的小说。曾和我说,一九五二年,《中国青年报》发表过刘绍棠的一篇小说,叫《红花》,反响很强烈,被誉为"神童作家",刘绍棠出名比王蒙早。父亲又说,当时刘绍棠还是高中一年级的学生,才十六岁,团中央便对他进行重点培养。当时在团中央工作的胡耀邦曾找刘绍棠谈过四个多小时话,希望他多写农村青年题材的作品。后来他的《青枝绿叶》又在《中国青年报》整版发表,大概就是胡耀邦和他谈话后所写的小说。一九五三年,刘绍棠的第一个短篇小说集《青枝绿叶》由上海新文艺出版社出版,一九五五年,这家出版社又出版了他的第一部中篇小说集《运河的桨声》。

余生虽晚,但刘绍棠先生小说中的那些人物和语言,却是极熟的。少时,每年暑假,父亲总要送我们回老家,而我们亦盼着回去吃那不用放油炒,倒进锅里就香的大白菜,还有栗子、花生、酸梨、盘山的冻柿子,盼着去找我们的那些小叔叔、小姑姑们到盘山,到于桥水库玩耍。情节和刘绍棠先生在其小说中描写的毫无二致。等我也当了一个文学杂志的编辑,那已是二十世纪八十年代后期的事了。好小说太多,看不过来，看多了就失眠。后来索性专看文艺理论方面的书，一则为了催眠，一则是想提高点对作品的鉴赏能力。这一时期有两个作家的创作论谈集让我着迷，一是王蒙的《漫话小说创作》《创作是一种燃烧》《文学的诱惑》；一是刘绍棠先生的《我与乡土文学》《我的创作生涯》《论文讲书》。这期间，我也知道了父亲所不知道的刘绍棠这位"神童作家"在"反右"中的遭遇。他因发表批评教条主义的《现实主义在社会主义时代的发展》（《北京文艺》，一九五七年四月），并在纪念毛泽东《在延安文艺座谈会上的讲话》发表十五周年之际，发表《我对当前文艺问题的一些浅见》一文，又因一句名言："你们穿一条裤子，早编好了哄我的话"等等，于一九五八年三月被划为"右派分子"，受到全国范围的批判。郭沫若、周扬等人还点名批评了他；茅盾、周立波写出专文对他进行批判。一九五七年第十九期《文艺报》，康濯还专门发表了一篇《写给刘绍棠——党和人民不许你走死路》的文章——对其文艺观点，他说："你有没有认识到像你这样的资产阶级思想，恰恰是比教条主义危害更要严重无比，因而也恰恰是阻挡我们文学繁荣的主要障碍？"对其小说《田野落霞》《西苑草》，他批评道："急转直下和出人意料地追求着没落和虚无的意境，欣赏着对于所谓生活阴暗面的揭露，发展着不健康的甚至是歇斯底里的曲调，以及违反生活真实的小资产阶级的情怀……"最后，康濯还大喝一声："已经是清醒的时候了，刘绍棠！"

在读王蒙和刘绍棠先生创作论谈集时，我注意到这样一种规律，他俩既是创作的高产户，同时也是阐述自己创作主张的高手；但凡一部作品出版，伴随而来的总有一册有关创

刘绍棠著《如是我人》

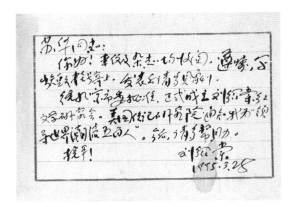

刘绍棠致本书作者书札

作方面的文论集出现。这种情况,在当代文坛尚不多见。王蒙的文论集少说也有十多本,刘绍棠先生的文论集也在十本以上。读后的感想是:王蒙比较睿智,吸纳的新知识多,几呈爆炸之态,兼容并蓄则是其最多的论题;刘绍棠先生的文论,则是大白话实写,反反复复论述的主题只有一个——乡土文学和作家与生活的关系。从写作风格上看,刘绍棠先生喜欢将自己摆进去,对自己经历的事和人毫无保留,和盘托出。错的,自认;对的,一说再说,决不口软。这很对我的品味。"乡谊"再加上亲切,我对刘绍棠先生人与文的一致,深感敬佩。虽然未曾谋面,也没投奔门下,甚至在他病重时,本可到北京去探望,但因编务也没成行。我怎么想他也该是一个"大难不死,必有后福"的人。谁料,就在我准备下次到京一定得去看看他时,他却离我而去!后悔、痛疚终无所补,可他又去得这么早,真让人怨恨人间的福祸实在无限无情。

刘绍棠先生在创作上的成就早已没有再谈的必要。我敬重和感念的是他那襟怀坦白的人格。如赠送我的《如是我人》(华文出版社,一九九三年七月),开篇便是怀念和哀思胡耀邦的感人之作:《怀念耀邦同志》和《难忘的谈话——怀念耀邦同志》;再如,文坛诸将都不敢公开言说的所谓"左""右"之论,他却有着不拒不怕不掩饰的求真本色。《我是刘绍棠》一书的题记——"生活是一本毛边书"的坦言,便是力证:"新潮的朋友骂我极'左',说得客气一点,他们是'创造病'患者。有如当年创造社诸君子,谁不咸于'创造'(新潮),便是不革命,不革命便是反革命,便是封建余孽,必须打翻在地,再踏上一万只脚,与红卫兵作风如出一辙。我觉得,倒是'左家庄'的朋友们给我定性准确。他们说:'刘绍棠是个中派。'

因而,对我实行'统战',控制'使用'。我想,他们应该不仅在政治立场上找到跟我的共同点，还应该在恩格斯的艺术倾向性观点上,跟我取得共识。我一直闹不明白,为什么我坚持恩格斯的艺术观点却算不得正统？他们的文艺主张,其实是斯大林的'社会主义现实主义论',究竟恩格斯正确还是斯大林管用，至少应该进行严肃认真的学术研究；我一不'左',二不右,三也不中,只要一个正。"刘绍棠先生的品格当然不仅限于此。诸如他不但不因某某领导人在位而谋官跑官,反倒上书坚决辞官,这对整天把文坛视为官场的某些人来说,肯定是如芒刺背；为民请命,保护环境,他竟敢当着一市之长的面，动怒批评北京市府在治理污染环境上的措施不力,在联合国安理会五大常任理事国中,只有中国的首都被臭水泡着的丢脸之事……

刘绍棠先生从一而终,如是他人。虽然他的运河系列作品远远没有写完,但他已经用全部心血和笔墨,为读者留下了一幅二十世纪中国乡土巨变的历史画卷。他的作品和他的坦诚都将属于一个作家应有的风范，被喜爱他的读者在心中长久留存！

一九九七年三月

《〈希氏内科学〉作证》

　　一九九八年春节前,我收到江西省文史研究馆副馆长王贤才的赠书《〈希氏内科学〉作证》(青岛出版社,一九九五年五月)。这是一本杂文集,十一万字,薄薄的一册,却有五方面的内容。第一辑是作者整理的一篇讲话稿,即书名所示的内容;第二辑为《蝈蝈堂"闲话》,是作者的生活经历和对生活的感受;第三辑为《稗海絮语》,是作者"惠而不费"的读史小品;第四辑为《莫等闲,白了老年头》,系作者所著所译序跋类文字;第五辑则为参政议政的言论,辑为《想到就说》。这本小书印刷极为简朴,但却让我产生出一种精神的力量,说相见恨晚,恐不为过。

　　我与王贤才先生相识在一九九五年四月于上海召开的《新编文史笔记丛书》编辑工作座谈会上。当时我并不知医学界还有《希氏内科学》这样一部宝典,也不知这部四百七十万字的大书唯一译者,就是经常和我在一桌吃饭的王贤才。会议结束时,我陪山西省文史研究馆馆长华而实到北京,他则直接回南昌。我们的车次大概相差十五分钟。候车

王贤才著《〈希氏内科学〉作证》

时,由于我和前来相送的一位会议工作人员聊天聊过了头,竟忘了在规定时间内检票上车。幸亏王贤才先生及时赶到,并惊讶地问我怎么还没走?我才手忙脚乱地陪着华而实先生,在离开车仅剩五分钟的时间里"死里逃生"。为此,返并后我即给王贤才先生写了一封信,感谢他的"见义勇为"。这时,我已从华馆长那里,知道了他是《希氏内科学》的译者,但对这部书在医学界的价值和学术地位,仍不甚了了。直到看了王贤才先生的这本杂集,我才知道《希氏内科学》是一部在医学界,堪与世界文学名著《尤利西斯》相媲美的巨著;而最终译完这部巨著的精神,则可以和萧乾、文洁若译《尤利西斯》的情景相提并论。

《希氏内科学》当然可以为王贤才先生作证。有太原劳改监狱这段难忘的岁月可以作证,这大概是不会错的。错的是,他根本就不该用将近三十年的时间,才把《希氏内科学》译完出版。王贤才先生虽然幸运地在劳改监狱遇上了让他翻译、并支持他翻译的劳改队政委李恒文;遇上了聂绀弩、葛佩琦、罗元贞、黎静这些形形色色的"反革命"分子,作他翻译此书的顾问和老师,但如果不把知识分子当作整肃的主要对象,哪会有白了少年头,仍会"莫等闲,白了老年头"的痛心之事发生?我读《〈希氏内科学〉作证》,油然而生地就是两种体验:一是中国知识分子遇逆境后的拳拳之心;二是无数像王贤才先生这样的知识分子,就因为自身有知识,并且想为国人传播一些知识,便由知识及人,统统遭遇亵渎和强暴。感谢王贤才先生的"作证",因为他告诉我们,知识并不总是伴随着生产力产生价值,那得有人承认,有人尊重才行;没人承认,没人尊重,如王贤才先生这样三番五次译了烧,烧了译的年月,知识不但分文不值,反而会招来牢狱之祸!除此之外,才是王贤才先生四译其书,从第九版到第十三版,直至把已经送进印刷厂的第十三版全部放弃,重译最新的第十五版的科学精神。

现在又到了知识经济时代。我们在欢呼这个时代到来的同时,似应多出版,并多看看王贤才先生这一代知识分子的"现身说法',才能对我们目前这个来之不易的时代,更有所自尊,更有所珍爱。

一九九八年九月十九日

老鬼的"血"字作品及其他

　　老鬼，原名马波、马清波，是已故以写《青春之歌》而闻名的作家杨沫之子，现在美国罗得岛州布朗大学作访问教授。按理说，母与子是不是都写小说，并没有什么必然的联系，但这一母子之所以让我产生联想，实在是由于各自的小说，可算得上是上一代人与我这一代人各自所能自由阅读的理想读物。

　　杨沫的《青春之歌》，在上一代人的眼中，标志了青春和知识应向革命的转变；老鬼的《血色黄昏》(工人出版社，一九八七年六月)，虽被出版者标明为新新闻主义的长篇小说，但他却是以其"真实得可怕"的另一种"青春之歌"——知青插队经历的描写，道出了青春和知识向革命转变后的种种悲怆。令人想不到的是，子与母的"青春之歌"竟如此反叛，不免令人感到如今这世道人心真是变快了。假如老鬼的"血"字作品到此为止也就罢了，有关知青作家是否应该反思，是否忏悔的话题，本不会产生越来越大的波澜，但他偏偏对"血色黄昏"的生发，进行了一番思考和回忆，这便是《血与铁》的

老鬼著《血色黄昏》

写作与出版(中国社会科学出版社,一九九八年九月)。昨天做过的事,即那血色的黄昏还没挥去,前天做过的事和做事时的心态、德行,又历历在目,于是文坛就有了一个热衷的话题:知青作家是不是都该进行老鬼这样的反思与忏悔?

知青作家和"红卫兵"是否反思、忏悔在"文革"中的行止,这本是个人的事,任何人都无权责令这一历史时期的每个参与者,都要站出来对自己进行一番清算!这不但是一种理想的奢侈品,而且于事无补;该反思与忏悔的,就是有种种阻力,他也会找个机会站出来说话的,反之,外界压力就是把某些做过亏心事的人逼到说话的边缘,他也会说出一些势力至上、可怕之至的与己无关的话来。要让这种人反思、忏悔,甚至向受迫害的人道歉,那真是一厢情愿的推理错误。我以为,勇于反思、忏悔自己在"文革"中所作所为的人,是道德和良知上的健康者;不想在这种事上承担太多的个人责任者,也不是多么骇人听闻的事,只能算是对一个思潮运动的参与或舍弃,仅此而已。

正是基于这种看法,我读老鬼的《血与铁》,并不太注重他反思了什么,忏悔了什么,只是跟着老鬼和他这部回忆录中的人物及玩伴的故事情节走,他写得很快感,我读得很轻松。当然也有很刺激神经的时候:如,总想当英雄,想为世界革命做贡献,专门成立了"毛泽东抗美铁血团"。为了付诸行动,又将其父母的钱和全国粮票统统偷走,作为赴越南打击美国侵略者的经费。路途中一次次扒上货车、煤车,一次次地被赶下来,历经千难万险,志向不改,终于进了越南的山林,但还不到两天半,就被遣送了回来。一次不行,又来了第二次,这次更惨,越南没进去,却被广西边境的农民当成叛国犯抓了起来。

凡在二十世纪五六十年代上过小学和中学的人，恐怕都会对那时的入队、入团记忆犹新，也会对那时的少男少女的爱情萌芽和"流氓"界线的划分，忍俊不禁。不读老鬼的《血与铁》，哪里会知道当时这种道德规范下的那些乐趣和内心色彩的畸形斑斓！老鬼所回忆的这些事，在真实度上，是很完美的；在那个时代的基本品质方面，叙述也是很严格，很有条理的；在个人隐私领地，开垦出一片比现在的"绝对隐私"，更让人多的一些满怀幸福，间或有几许怎么那么幼稚感叹的篇章。在一种英雄气概的亢奋中，全书的描写又是那么细腻，那么从容不迫，以至"十年磨一剑"的老鬼，剑剑都能刺出一片血染的黄昏。

从《血色黄昏》到《血与铁》，老鬼以他的"血"字作品，映衬出我们的时代变迁就是这样走出来的。要说这两部带"血"的作品，对我们的生活有什么启示的话，我以为这是最主要的。在众多的人把《血与铁》当作一部知青作家和当年的"红卫兵"反思和忏悔之作来看时，我倒以为老鬼是中国当代传记文学的普鲁斯特，他的《血与铁》可与《追忆逝水年华》一比，因为出身于新中国成立前后的许多人，都可以从《血与铁》中看到自己幸福过，也曾失落过的心灵和身影。

一九九九年二月八日

关于《想起了国歌》

周泽雄先生在《读书》杂志二〇〇二年第七期著文《不再正确》，说他读到陈家琪的《沉默的视野》第一百二十一页，内有陈先生重看了一遍姚文元《想起了国歌》(上海文艺出版社，一九六三年七月)后的"另一个新发现"，于是也想读，因手头没有，"但为了核实陈家琪的阅读印象，以便确认自己对姚文元的印象，是不是已经简化为某种漫画式的概念了"，便通过互联网找到了那篇最具姚氏看家本色的奇文：《评新编历史剧〈海瑞罢官〉》作为引申的话题。我手头恰好存有一本《想起了国歌》的第二版(第一版的印数为一万册，第二版是一九六三年十一月印的，仅仅隔了四个月，印数已经飞加到四万七千册，可见当时是热销的)，于是也想说说《想起了国歌》。

这本集子选自姚文元一九五九年十月至一九六二年十月间所写的杂感，共三十五篇，并以一篇散文诗似的文章《想起了国歌》代序、代书名。原书"内容提要"介绍说：这本杂感集"内容是多方面的，有谈论历史经验、精神状态和怎样对待困难等问题的发人深思的篇章；有对于中国共产党、

姚文元著《想起了国歌》

社会主义建设事业以及广大群众共产主义精神昂扬的热情颂赞；有对于形形色色的资产阶级思想和各种非无产阶级思想倾向的尖锐批判；有对于无产阶级文艺方针和文艺政策的阐发；还有对于帝国主义本性及其丑恶行径的无情揭露和嘲笑。这些文章，政治敏感性强，观点鲜明，富有斗争精神。"

我在旧书肆上购买此书，与周泽雄的阅读心理大体相仿：这个新中国文坛最大的败类，怎么会想起了国歌？翻看之后，甚感恐怖。譬如，在《老话》这篇文章中，姚文元连何其芳在《文学艺术的春天》(《文艺报》第十八期)一文中评论《约翰·克利斯朵夫》的这么一段话也不放过："《约翰·克利斯朵夫》所反映的生活比较广阔一些，它的主人公也更能引起人同情一些。有些评论指出它里面的思想的消极方面，这自然是十分必要的。但如果只重在这一方面(按：资产阶级消极思想)，忽视了它里面所写的少年人的生活、友谊、爱情，对不合理的社会的反抗和长期的奋斗，不指出这些生活本来是读者有兴趣的，而且作者又把这些生活表现得有意义，感动人，我们就无法解释这部作品为什么能够吸引那么多的读者了。"对此，姚文元狠批到：这是"还没有从资产阶级个人主义束缚下解放出来的知识分子"缘何会对这本书感动的阶级根由。这还不算，姚文元又在这篇文章之后附录了《兴灭集》(上海文艺出版社，一九五九年三月)中的《静夜杂感》一文，进一步通过一个贫农出身的人，只因为"读了欧洲的那些资产阶级小说"，就成为反党的右派分子的"典型事列"，通过刘绍棠"接受了一整套的资产阶级文学见解"而"堕落到右派的深刻教训"；通过对"拜倒在西欧资产阶级文化的石榴裙下的胡适、胡风之流的反革命分子和反动分子，以及丁（玲）、陈（企霞）集团等反党分子"的典型揭批，来论证他所代表的广大群众的"阶级仇、西方恨"是绝对正确的。

当然，这并不等于说姚文元是见谁批谁，在《并非"挨批"》一文中，就可看出他是非常爱护"同党"的一个人：（徐）"景贤同志当年写了一篇反对做《冷酷的观众》和《摇头派》的短文，石铮同志从另一方面提出了补充和商榷的意见，写了一篇《何惧于摇头》，提出了不要怕议论……可是有一次，却听到另外一种看法：景贤同志这回'挨批'了。"对此，姚文元感到很吃惊："看看两篇短文，明明都是为了促进创作和批评的繁荣，明明是为了探讨真理而发表个人见解和提出商讨，明明是同志式地平等地交换意见，哪里有什么人在'挨批'？难道第一个人发表了一种意见，第二个人发表了不同意见，第一个人就一定是'挨批'了？"接着他又鼓励"景贤同志"："抱着'坚持真理、修正错误'态度的人，即使'挨批'，也是不怕的。'彻底的唯物主义者是无所畏惧的'。靠真理吃饭、靠实事求是吃饭，而不靠强词夺理吃饭，那就不用怕'挨批'。"前后对照，都是在特定的历史背景下著文，但为什么何其芳等人被上纲上线，而徐景贤就能得到他的呵护？难道这就是姚文元"对批评对象"未"流露过任何私人仇怨？""一切都是出于公心大义？"我以为，这不是哲学和学术水准高低的问题，也不是只有一个标准的问题，问题出在早有已之的"双重标准"上。

在那种人民勒紧裤腰带过日子的岁月里出版的《想起了国歌》中，我只找出了一篇《想起了国歌》及一篇《心心相印，息息相通》的文章可读。《想起了国歌》自不用说，抒情化的赞歌能有什么错？而且是千年万年也不会错！《心心相印，息息相通》过去了四十年，我觉仍是一篇可以畅通无阻地刊发在某些大报的永远正确的好文章。譬如，姚文元诉："要心心相印，就一定要使上下通气：领导上要不打折扣地听到群众真正的呼声；群众要不打折扣或基本上不打折扣地听到领导上的意见。如果上情不能下达，下情不能上达，那就不能做到心心相印了。"这样的干部与群众的相互沟通议论，说得多好！不光说得好，他还有更好的方法呢："上情能够下达，在传达有关群众切身利益的方针政策时，重要方法之一就是要用'一竿子到底'的方法，使领导上的各种意见能直接同尽可能多的基层干部和群众见面。这里讲了一个'直接'，为什么要'直接'呢？因为层次一多，很可能打折扣，这是一种常识。经过的层次一多，一个人只听漏一点点，可是这'一点点'加起来，等传达到群众那里，就可能打了一个大大的折扣。当然，在传达上级指示的人，一定要力求全面和准确地把上面的意见传达给群众，如果以自己的喜恶来篡改党的政策，欢喜的就多讲或讲过头，不喜欢的就少讲或不讲，那是完全错误的行为。"

中国永不乏"护旗手"。从姚文元的《想起了国歌》，可以看出"永远正确"只要存在一天，无论何时何地，都会有人愿意站出来做"护旗手"的；"不再正确"，只能留待那些"护旗手""永无翻身之地"之后，才能任人评说。

二〇〇二年八月

传记的尺长寸短

传记大师莫洛亚与中国的传记文学

　　当我写下这个题目时，连自己都觉有点牵强附会。但一想到过去看过的，以及最近或细读，或匆匆翻阅的百十来本各类人物传记后的一些印记，颇感回头看看法国传记文学大师莫洛亚，看看他在这方面的创作原则和创作范例，对我国传记文学的大势有个规范，还是很有必要的。

　　我最早看的一本人物传记是《奥斯特洛夫斯基传》，一九五二年上海光明书局出版。那时正值"文革"初期，我家的一个大红柜里就锁着现在看来全是红得不能再红了的几摞"革命书籍"。一个小学生，武斗自然不好看，只好躲藏在家里看这些偷出又塞回去的书。记得第二本看的便是《高尔基》，随后速度就快多了：《马克思传》《列宁回忆录》，韬奋的《经历》，吴晗的《朱元璋传》，几乎都是一口气读完的。当我把父亲锁在柜子里面的这几本人物传记看完之后，正值上学必须"学工学农"，我去的地方是父亲单位下属的一个废品仓库，其中的一个废书库，竟让我看到了另外一种名人传记，另外一种名人世界。记忆最深的是一套二十世纪三十年代由上海生活书店出版的传记丛书。遗憾的是,我仅翻看到四种,计:《歌德自传》,英国女作家夏洛蒂·勃朗特'的《简·爱自传》,《邓肯自传》和《爱迪生自传》。说起来让人好笑,断断续续地看了几十本传记,直到二十世纪八十年代中后期,读了董鼎山在《读书》上谈传记文学的文章和苏联纳尔基里耶尔所著《传记大师莫洛亚》后,我才知晓以前读过的那些人物传记,都属传统的"教育小说"这一类。从传记文学的发展史来看,这种传记的创作方法很传统,是一种以记事为主的生平性传记,也有人将这种传记称之为启蒙传记。现在回想当时阅读这类传记时的感受,这种说法确实也可成立。不过这种传记亦是经典性的和"宇宙性"的,这也是我在读了五花八门的诸多传记作品之后的深切体会。

进入二十世纪八十年代,人物传记和重大历史事件的传记作品开始在我国大批出现。这一时期的传记作品,无论是翻译过来的,还是"国产自作"的,可以说是方领矩步,井然有序。而以莫洛亚为代表的"艺术传记",则是展示传记文学发展历程的一个典型范例。一九八一年和一九八三年,我先后买到天津人民出版社出版的《三仲马》和湖南人民出版社出版的《雨果传》(莫洛亚,A·Andre Maurois 一八八五~一九六七;天津版译为阿·莫鲁阿;湖南版译为莫洛阿)。莫洛亚所坚决三张的:"好的传记应当既是历史专著,又是艺术作品。"真使我眼界大开;而他所追求的艺术和史实的统一,所写的既不是史诗,也不是史实,而是史诗加史实的这两本传记,亦不愧为"传记文学这一新体裁的创始人"的经典之作。与此同时,传记体裁中的另一流派,即,以美国欧文·斯通为代表的"传记小说"派,也开始进入我的阅读领域。他的《马背上的水手》

纳尔基里耶尔著《传记大师莫洛亚》

《梵·高传》,读起来不枯燥,很吸引人,有一般人所没有的想象力,通俗化的写法是其最大的特点。因为好看,所以拥有的读者群也大,对我国传记文学的影响也大。有意思的是,当莫洛亚看到当时的法国文学界将他称之为文学新体裁——"传记小说"的创始人之后,他本人则对这个提法不以为然,甚至可以说,他根本就不同意"传记"还有"小说"这一说!莫洛亚为什么反对"传记小说"这一提法?从纳尔基里耶尔所著《传记大师莫洛亚》一书中,似乎可以找到一些答案。首先,他的传记作品都是严格依照史料进行创作的,对传主的生平材料全部取之于历史,不掺加任何虚构的成分。这种一概来源于实际的原始材料,保证了传主的生平事迹都是翔实可靠的;而当他把这些非常客观的材料写进书中时,又总是将所叙之事纳入艺术规律之中,借以证实他对人的信念。此外,从莫洛亚的写作风格上看,他是崇尚简单、明了、坦率的一个人,"速记法"是他主要的创作手法,"格言式"则是他"艺术传记"的法宝。

身为法兰西学院院士的莫洛亚,在理论上当然也有一套说辞。他认为,为艺术而牺牲史实是不可取的。传记作家不能构想情节,不能人为地使之完善。传记作品的特点是只能依赖事实本身。传记作家不能依照典型化的一般规律来塑造艺术形象,而是要在广泛收集材料的基础上进行再创造。传记和小说同属一种艺术,但这并不意味着传记和小说同属一个范畴。由此看来,莫洛亚真是从创作上和理论上均不赞成表面看来很有吸引力,内容其实大为虚肿的传记小说化的写法。然而,当这位"传记文学"的创始人故去后,传记到底能不能采用小说化的写法,则根本由不得也老人家说三道四了。如何由不得他,容后再说。先谈一下这一时期对偏爱传记文学的读者,亦有心灵震动的奥地利经典作家茨威格。茨威格的人物传记,全是清一色的语言大师传。如巴尔扎克、司汤达、狄更斯、陀思妥耶夫斯基和老托尔斯泰。茨威格的这些名人传记,实际上和罗曼·罗兰所写的人物传记是一脉相承的。这一脉最显著的特点,除了集中大量笔墨描写传主的内心世界外,还将自己寄希望于以精神和道德的力量战胜邪恶的世界,倾注在主人公的身上。因此,茨威格所选择的传主,无一例外的都是些孤独、古怪,且敢于对社会进行批评的文化巨匠。有批评者说,茨威格这一脉,由于过分的把注意力放在主人公的内心世界上,所以将传主赖以生存的外部世界忽略了。然而,茨威格这样的大家,写传主的外部生存环境,又有何难?就以他生前最后一部自传性回忆录《昨天的世界———一个欧洲人的回忆》为例,茨威格将他赖以生存的外部世界写得多么细腻,多么让人留恋不止,感怀万千。我甚至都这样认为,茨威格的这部回忆录,较之无数写二战前欧洲历史的史书和小说都令人难忘。

这一时期的中国传记文学也有发展,但出色的作品并不多。不过,也出现了两个很受读者欢迎的传记作家,一个是叶永烈,以写"四人帮"的四本传记而闻名;另一个便是权延赤,以写领袖伟人而著称。然而,这种从"人事档案"挖出来的传记,从严格的意义上讲,还不能称之为真正的传记文学,因为读者从中得到的只是他们过去想知道而无法知道的种种信息,也因为不管哪种写法的传记文学,其最终目的只有一个:那就是让读者在阅读时产生一种身临其境的感受,将读者引入同传主平行的历史时代去生活,去回味。我之所以将这一时期我国的这些传记作品，归纳为不是真正的传记文学，结论可能不甚准确，但阅读的经验却又让我不得不去这样想，这样说。

大抵从二十世纪九十年代中期开始，我国的传记文学呈现出前所未有的繁荣盛况，有目不暇接之感。说传记文学进入了一个崭新的黄金时代，绝不过分。其中最有成绩的有两类：一是论评性的学术传记，一是记事性的艺术大师生平传记。这是流布于市的众多传记中很令人欣喜的一面。与此同时，我也看到了不少不伦不类的所谓传记作品混杂其间。有的是创作态度不严肃，把档案素材罗列堆叠；有的是为了热销，专写传主的隐私琐事；有的是胡编滥造，将逸闻传说强塞给主人公；有的是照猫画虎，所写的传主毫无生气，简直和纪念馆、展览室的塑像画像差不多。这些所谓的传记，我以为绝不可以算作传记文学，充其量也只能排在消遣娱乐之列。

还有另一类传记文学，妙笔生花自不待言，小说化的写法也无可厚非，问题却出在传主的生平材料尚未收集齐全（或自以为收集齐全了），也没有遍访传主的亲朋好友，便草草开写。结果待书一出来，硬伤遍体，遗憾四处。这种"传记文学"最令读者不尴不尬。

拙文在前面提到，近几年是我国传记文学发展的一个黄金时代。既为黄金时代，它的主要趋势除了作品的大量涌现之外，还在于这一体裁本身也发生了较为显著的变化。以往被经典作家和经典作品所束缚的格式化的创作方法，如今却呈现出各显其能的兴旺景象。而且令人惊奇的是，就连一些界内人士和读者的认识也随着这种变化而变化。另外，伟人、文化巨匠的传记，被反反复复写过之后，读者的热情依然不减，这足以证明研究者所说的"历史的个人化"，对读者具有永恒的吸引力是对的，这也是传统的传记文学愈来愈多的心理基础。然而，这种传统的传记文学，目前也受到了一些新偶像的强烈冲击。近两年，一大批成功的企业管理大师、经营巨子、信息产业天才、媒体大王之类的人物传记，充斥图书市场，且销量极大，这不但很能说明传记文学的一个新走向，还给了我这样一种思考：芸芸众生的普通读者是否会将过去对伟人、名人生活的一种好奇心，或纯粹意义上的精神享受，转变为对自己的生活也有所想，也有所动，也有所变，进而梦想成真的阅读心理？如果这种转变真的大起来，多起来，那么传记文学的经典受众理论，将如何面对这种异化？当然，这类新崛起的工商业界的人物传记，到底属不属于"传记文学"，目前尚未看到学者和研究者有所评议。不过，我认为，既然这类人物传记能在二十世纪末得到空前的爆发，也是绝非偶然的事。这种传记的特质，已经使它形成了一种独立的传记品种，同时，它也是当今书籍高度商品化的一个产物。不然，为什么会有那么多人热衷此道并乐此不疲？尽管"但凡存在的，就是合理的"这句话不好普遍地使用，但在这类人物传记的论述上，这话恐怕还是可以说得过去的。

此外，目前还有一类正在走红的人物传记，就是影视、演艺、体育明星的自传。也许是同好，也许是当时国内的传记文学尚不成气候，也许是大谈传记文学的文章当时只有董鼎山一人，所以他在《读书》上刊发的四篇谈传记文学的文章，我是篇篇拜读过的。一九八七年一月号的那篇《作为严肃文学的传记》，他讲美国"充满电影明星体育名人'自传'或传记，但是这类著作是消遣品，不能算为传记文学"；在《传记文学的新倾向》（一九八九年三月），又谈这类传记之所以大盛，是因为"这些'名人'中，远较作家出风头者更有政治人物、电影明星、艺术家、歌星及电视界、体育界、社交界等等人物。突然之间，出版界印行传记乃是生财之道"。对于这类传记，我是很赞同董鼎山的观点的。当前我国的这些名人自传和传记，只能看看公众人物的风采，消遣一下，知道了，也就够了。因为在消遣性传记这门显学上，我们的公众明星，比起美国的同行来，所差也只在如何自我揭隐披秘而已。

还是在十年前，从董鼎山的那篇《作为严肃文学的传记》中，我已略略知道，莫洛亚的那种描述"生活的壮丽史诗"的艺术传记，已被大量用虚构小说技巧所写的"传记小说"所淹没。大概是因为一种无法阻挡的趋势所迫吧，董鼎山在谈到一部好的传记应该包含的三个因素中，第一个便是要"采用小说的技巧"。但他对此又加了一些限制和保留，如：不能虚构夸张过分；为了要使传记读来生动，采用这种小说的技巧有时是必要的。秘诀是写作必须根据有关主人公的事实材料，以历史性的背景衬出他的生活实情。由此可以看出，董鼎山的意思也很明确：传记不是虚构，好的传记增添了文学的要素，因而称之为"传记文学"或"文学传记"。那么，寓有怎样素质的作者，才能写出一部好的传记作品？董鼎山开列出这么几个条件："他是研究一个时代的历史学家；他是观察社会趋势的社会学家；他是搜索思想影响的学者；他是发掘人性发展的人文主义者；他是一个采访活人的记者；他是一个富含想象力的创作家。"而在其后的《传记文学的新倾向》一文中，他又不无担心地对这种传记文学的"新倾向"予以发问："出版商是不是应该找求有责任心的传记作者？是不是应对传记内容的正确性负责任？"

十年过去了，大洋彼岸的这种传记文学的新倾向，也刮到了我们这里。那时，只是隔岸观火，望洋兴叹，现在，则是雾里看花，谁也说不清我们自己的传记文学，到底走向何方，也看不清我们自己的传记大师，出现在何时何方。走笔至此，我也想问，我们的传记作者是否具有一个好的传记作者应有的基本素养？我们的出版界有无对传主、对读者负责的责任心？高尔基与中国的现当代小说能结下那么深的情结，怎么传记大师莫洛亚与中国的传记文学就磨合不起来呢？

一九九七年七月

推销员与"蓝色巨人"的兴起

　　早在一九八〇年,买到上海译文出版社出版的驰名全球的美国剧作家阿瑟·米勒的剧作选。因从那年的《读书》杂志上已知阿瑟·米勒最红的一部剧作是《推销员之死》,于是就跳过另一个剧本《都是我儿子》,从后倒着看了《推销员之死》。说真话,主人公威利之死,使我对资本主义社会这个"混凝土丛林"中的推销员的残酷生存环境,远远胜过野兽出没的原始森林的悲剧性存在,久久不能释怀。直到最近读小托马斯·沃森所著《父与子——IBM 发家史》(新华出版社,一九九三年八月),我才感悟到《推销员之死》中的查利父子,并不是威利·洛曼父子的陪衬对象,而是阿瑟·米勒刻画、塑造的作为生活真实而存在的成功的主人公。由于牵涉到重新评价《推销员之死》的问题,只引《阿瑟·米勒论戏剧敦文》中的一段话,作为评价小托马斯·沃森这本书的引言。

　　　　在《推销员之死》里,最正派的人就是资本家
　　　　查利。他的目标和威利·洛曼的目标没有什么两

《阿瑟·米勒论剧散文》

［美］小托马斯·沃森著《父与子》

样，最大的区别在于他不是个狂热者。不管怎样，他学会了如何不抱有狂热的激情去生活，他没有威利的那种至死都在追求的心醉神迷的精神。正当威利的儿子们成了不幸福的人的时候，查利的儿子伯纳德却在努力地干、专心学习，并且达到有价值的目标。这些人全属于同一阶级、同一背景、同一居住区。在这种双重观点的背后有什么理论？什么也没有，仅仅是我过去和现在都知道，每当我的作品反映一种作为真相而存在的平衡时，我的感觉就好一些。(《阿瑟·米勒论剧散文》，一七三～一七四页，三联书店，一九八七年七月)

在读《父与子》之前，我还是知道IBM的。一九八三年一月，美国《时代》周刊把IBM PC这一机器，评为上一年的年度人物，这在当时是重大新闻。然而，那年五月，我专程跑到北京，去看由阿瑟·米勒亲自导演、北京人艺上演的《推销员之死》，却一点也不知道掌管IBM这一蓝色巨人的"正派资本家"，正是靠做推销员起家的托马斯·沃森父子的这一类人。

十几年过去了，小托马斯·沃森的这本自传体回忆录，使我看到了《推销员之死》中活得很好的资本家查利的身影，看到了推销员在二十世纪是如何由一份下贱的工作，逐步演变为一种令人羡慕的职业，直到发展成当今一种咄咄逼人的组织，甚至成为商界的一门艺术的嬗变过程。而小沃森继承老沃森视销售高于一切的衣钵，使得IBM公司在层出不穷的挑战者面前，非但没有衰落，反而最终确立起商用机器"超级大国"的地位。这一切,则完全得益于老沃森长达十八年之久的推销员生涯。

每个时代的杰出人物都是该时代的产物。小沃森的这本回忆录非常生动、具体地记录了人类自进入工业化以来,三个工业时代的沉浮兴衰和重新组合的转型历程。十九世纪的产业大王,崛起在掠夺性的垄断和托拉斯的原始工业时代,这些冒险家们是创业者,而不是守业者;二十世纪的六十年间,是烟尘滚滚的传统工业兴旺发达的时代,但这个时代的产业巨头更多的是没有个性特色的守业者,从这个舞台上消失的数量非常多,也非常快。就以 IBM 公司为例,如果不是小沃森坚决主张产品换代,即从老沃森传统的打孔机转变到电子计算机上,IBM 恐怕早就没有这本"发家史"可写了。进入二十世纪七十年代,由于人类不断的技术革命和发明创造,引发了信息时代的到来和高科技、"新经济"的出现,许多在资本界名不见经传的一代新秀,意气昂扬地白手起家,不断创造着新的经济神话和令人咋舌的财富。正如小沃森所体现的那样,这些新秀也有十九世纪产业大王的类似之处:他们中的大多数人是新创公司、新型产业的创始人和改革者,而这新一代身居显要的企业经营者与老一辈企业巨头最大的不同,则在于他们崇尚能者统治的思想,重视专业技术人才和管理、推销的才能,而对公司的宝座是不是该由自己来坐并不在乎。与许多陷入困境才招才纳贤的公司不同的是,小沃森是在举世皆称 IBM 为著名的销售巨头勃兴之时,主动要求离开公司第一把交椅的。能从自身的财富和具有话语权的王国中走出来,带给小沃森的不仅是身体的健康和美国驻苏联大使的荣耀,还比当今企业界新秀们所希望建立的能者统治的格局整整早了二十年。"人的价值高于资本"的未来发展议程,就是由小沃森制订的。

小沃森在继承老沃森的管理经验方面,可以说是有过之而无不及。比如,他一有机会就会仿效老沃森的"一个优秀企业家必须会当演员,你假发脾气的次数必须比你真发脾气的次数多得多;当你试图促使某个人解决一个问题时,你必须显得比内心更加着急。"老沃森是善于此道的老手,小沃森则是晓于此道的专家。同老沃森一样,小沃森每年都要参加数十次 IBM 员工的"家庭聚会";总是让所有的秘书忙得团团转,以保证客户给他的每一封信都在四十八小时内答复;凡是员工的妻子住院,他都要送鲜花,还要亲自做出数千次体贴员工的其他姿态或事情。老、小沃森在管理 IBM 的近六十年里,最后被小沃森总结出的只是这么三句简单的格言:

> 要对每个员工体贴备至。
> 要不惜时间使客户满意。
> 要竭尽全力把事情做好。

小沃森与老沃森的不同之处只有一点,老沃森爱听员工对他的恭维和感恩,甚至爱听他所器重的、对他百依百顺的部门经理的"小报告";小沃森每周也利用至少一天的时间处理员工的意见,巡视工厂,同推销人员谈话或与客户交谈。在这种交谈时,小沃森虽然也像老沃森那样问员工、推销人员和客户对公司的什么满意,更主要的是问他们对公司的什么不满意。小沃森对此有句名言:"如果你不问,你就听不到对你的公司不满意的地方。听到好消息是很容易的，但是你得四处打听才能听到坏消息。"唯其如此，小沃森才能在许多事情变得不可收拾之前就转危为安了。

小沃森唯一不如老沃森的地方在他和弟弟迪克争夺谁是IBM接班人的事情上。老沃森把IBM一分为二，即把美国本土的IBM业务交给小沃森，而把国外的办事处和工厂合成了一个"IBM世界贸易公司"，交给了迪克。当时小沃森以为老沃森是有意要把IBM的一半传给他弟弟，为此事父子俩几乎彻底闹翻。但若干年后，小沃森回想起来，却觉得这是老沃森漫长事业中最令人惊叹的一个成就。因为老沃森这项跨越国界的贸易决定，足足比"以世界为市场，以竞争为口号"的新一代企业精粹分子早了近五十年；而它的重要内容——在IBM内部建立起自己的共同市场，则比欧共体早启动了十年。

小沃森真是个明白人。一九七三年，当法兰克将担任IBM公司的第一把手时，小沃森深知"沃森王朝"即将结束了。显而易见，在法兰克任期八年的时间里，对一个公司的老板来说，已是足够有时间去改变公司的面貌了。于是，小沃森跟法兰克进行了一番恳谈，内容是将老沃森传授给他的怎样当好IBM的董事长一职的"重要知识"，传授给法兰克。这些知识其实说难不难，说易也不易。譬如："行动要像个乞丐，自我感觉要像个国王"；"对一个公司领导来讲，真正的考验是看他能不能像现在那样保持住一个充满人情味的公司，而决不能使之变得冷漠和没有情感。"对于IBM父子王朝时代的传家宝——社交活动，小沃森当然不愿丢弃，或者还可以说是心有余悸地告诉法兰克：一个IBM公司的董事长不仅要和政治家打交道,还要广泛结交各方人士。而最美和最有效的办法就是去激励周围的人们做好工作,最差劲的事情就是去华盛顿和那些政客和专业说客打交道。小沃森和法兰克说的最后这两句话,对"沃森王朝"及以后的"IBM 帝国"来说,实在是意味深长。从老沃森开始,到小沃森一九六八年遇到的反托拉斯诉讼案,均给沃森父子留下了心腹之患。直到一九七六年,加州计算机公司又开始控告 IBM,法兰克聘请刚刚出道的年轻律师博伊斯负责为之辩护,一举获胜之后,IBM 公司才解了六十多年的心头之恨。能赢得这场官司,与小沃森对法兰克所谈的最后这两句话,恐怕不无关系。

　　小沃森的这本回忆录写得极有文采,坦诚、不存隐私,尤其是内心世界的表达,细腻到如同读一部心理小说的程度。与其他成功的企业界人士撰写这类书籍别样的是,小沃森给了读者一个五光十色的生活景观,打开了一扇可以窥视差不多整个二十世纪人类社会激荡变化的私人窗户:你可以看到有的推销员死了,更多的推销员却活着,而且这支推销员队伍已成集团化趋势,成为人们生活中不可缺少的伴侣。

一九九六年六月七日

迟到的《李白》

　　长篇历史小说《李白》，是由岳麓书社出版的"中国历史文化名人传记丛书"之一种，共三部：一、蜀道难；二、将进酒；三、临路歌。实实在在的一百多万字，再加作者曾月郁、周实在折封上所说"一个真实的李白正朝你我走来"，着实让我吃惊不小！李白何许人也？但凡中国人，上至蹒跚的老者，下到牙牙学语的幼童，有谁不知，有谁不会朗朗上口地背上一两首李白的诗？可以说，李白是中国永远的当红明星，穿越时空的腕儿。然而与李白那脍炙人口的诗歌比起来，一个真实的李白到底是什么样的，又有谁知？

　　对于喜爱传记，尤其是喜爱李白的我来说，王瑶先生写于二十世纪五十年代初期的《李白》(上海人民出版社，一九五四年九月)，时至今日仍是一本难得的有关李白生平的普及性读物；王运熙和李宝均的《李白》(上海古籍出版社，一九七九年九月)，不少人自然也是读过的。学者左舜生的《略谈李白》(《春风燕子楼——左舜生文史札记》，学林出版社，一九九七年十二月)，也是很好的。这些读本和类似左舜生的不少研究考证李白的文章,虽不乏精到之处,亦不乏一个超稳定的读者群,但似乎并不为寻常百姓所熟知。因为毕竟是文人间的事,对众多不从事历史研究但爱好文史的人来说,虽然不知,但也没有大碍。倒是冯梦龙《醒世恒言》中的《李太白醉写吓蛮书》,以及抱瓮老人从"三言""二拍"里选辑的《今古奇观》中的话本小说《李谪仙醉草吓蛮书》,在市井中传布很广。很不过瘾的是,这个短篇小说只是诗仙李白一天生活中的一件平常事,而有关李白的众多传说和许多难解之谜,又是多么让人欲知分晓。当然,有救世心肠,且处无拳无勇地位的学界中人,以学问和学术入手,对历史人物进行倡导和释解,也是极堪崇高的一种学术精神。如果没有他们的研究和考正,哪有历史人物这类小说生发的土壤?但问题正如历史学家黎东方所说:"我们所不可不注意的,是学术常由极少数的先知先觉来倡导,而多数的大众未必乐于奉行,并且不良的政治与经济,也常常摧残或阻碍学术的进步。"(《我对历史的看法》,十一页,学林出版社,一九九七年十二月)所以这么多年来,关于李白的研究,虽然不胜枚举,可这种锦绣文章始终在学者自己的视角中转圈。不论国民素质高也好,低也罢,这无论如何也是一件无可奈何的事。现在,由曾月郁、周实将李白这样一个千古人物,从生到死地在文学作品中创作出来,从形式上说,是填补了一个空白;从写得好不好上说,则是一个大的考验。这不光是创作功底厚不厚的事,还有史识和考证,以及有关唐代政治、经济、历史地理沿革、典章、风俗上的靠不靠谱。所以我说,尽管这样的《李白》迟到了,但毕竟在人们的阅读视野中出现了。至少也可以说,长篇历史小说《李白》是一部能让读者与李白同生明月的难得之作。

读曾月郁、周实的《李白》，有一种令人不忍释卷的力量在其内。阅读经验告诉我，一部历史小说能让人从头看到尾，就属不错；读完之后，竟让人去思去想，并产生出许多大而空的情怀，就是一部好的强化小说。要把一个真实的李白，通过小说的虚构和对历史不可杜撰的描写，甚而更重要的是对史实的准确研判，给读者一个入情入理的证实，首先少不了的是要走进创作者自己的心中。也许正是作者有感于这种创作过程中的发现和激动，才充满喜悦并负责任地向读者宣告："一个真实的李白正朝你我走来！"难道我以前所知道的李白是个不真实的李白？没错。没看长篇小说《李白》之前，我所知道的李白，至少是个不完整或缺少历史真实感的李白；看完曾月郁、周实的《李白》，我才觉得自己对李白知道的实在太少太少。扩而大之，还觉得整个唐朝之所以诗人辈出，不但是特定的社会背景使然，更是为广泛的政治文化所左右。所谓"李杜文章在，光焰万丈长"，只是韩愈留给后人的一句判词，其实包括李白、杜甫在内的整个唐朝诗人，都毫无例外地卷进了对他们来说比诗歌更高、更为重要的仕途之路。诗歌，只是这些天才们的一种生活记录，而做官、入仕、求道，效忠朝廷，施展自己的文才武略，感遇功名，才是他们一生的真正追求和生活的真实写照。诗名超过功名，那只是李白、杜甫怀才不遇后的身后事。而恰恰是这一点，我以前知道的是少而又少。

　　一部好的历史小说，往往会让读者随着创作者胸有成竹的叙述，醉心于历史上确有的时间、地点、人物和事件之中；而人物性格描写的精准确切，更是读者感情波澜和爱恨交织起伏的起搏器。创作者如果能将确确凿凿的历史考证和任意为之的创作联想作为底本，所写作品可能就会不胫而走。因为以上三个创作要素曾月郁、周实都已达到，所以，我是很喜爱这部历史人物小说的。我对《李白》三部曲的器重，与一般读者并无大的不同。因为一部真正的艺术作品，终会受到人们的喜爱；反过来说，人们喜爱的艺术作品，也同样会珍视历史和现实的尊严。尤其是当一个创作者的想象力被历史的真实所节制，无法随意奔跑飞翔时，能让读者埋首于历史的感慨和思考之中，发现那个至今为止，只是知道一些支离破碎的人物的全部故事之后。

现在有些不用花钱买书的人，时不时地蒙着眼睛瞎说这本书如何如何空前绝后，那本书怎么怎么绝妙。在这篇文章中，我并不想对《李白》一书的结构、情节、叙事特征，幼稚琐碎地讲述一番，只想把我的读后感如实地告诉读者：《李白》熔考证、想象、释析其诗歌与其人生经历和日常生活于一炉，将一个板块的浪漫诗人李白，重新嵌入唐风遏韵的历史中间，其人其事写得完全是正道沧桑，颠沛流离，生离死别，一生梦想做官却不得，最终却以诗歌而名世。这六但合乎逻辑，而且是与人物性格相通的。这一部分的描写，据实成分居多；而对其情其欲的描写，则显得分寸不一，似乎还有些自然主义手法的痕迹。当然，创作者这样处理不同的情节，自然有他们的道理和想法。如果论及这种戏剧性的结构，可能会使这部书更加耐人寻味。即便如此，对我来说，这部《李白》也不失为一本引人入胜的人物传记；而对研究李白的学者来说，我想，也是不可多得的且具重要参考价值的一个读本。

尽管《李白》迟到了，但我却是明月腑肠地读了几夜，很是有些感慨，也很想再读一遍，所以也就乐意推荐给有兴趣的读者看看。

一九九八年七月二十四日

"居里一家"来到中国

一九四八年七月，由上海中华基督教女青年会主办的《妇女》杂志记者志暗到苏州"灵石何寓"采访刚刚回国的何泽慧。八月，《妇女》杂志第三卷第四期头条刊出了她的采访记——《中国居礼夫人何泽慧女士》(内文标题为"成长中的居礼夫人何泽慧女士"；早期出版物上的"居里夫人"译作"居礼夫人"，下同)。这篇采访记以一年前在上海上映《居礼夫人》影片时引起的轰动为引子，引出何泽慧由德国到法兰西学院原子核化学实验室工作，在约里奥－居里夫妇的指导下做研究工作的话题，并很快谈到她和钱三强是怎样在居里实验室发现重原子核"三分裂""四分裂"的现象……这是首次也是第一个以"居里夫人"的名义来形容中国女科学家。冠何泽慧为"中国的居里夫人"，名副其实。因为她不但在居里实验室学习工作了两年多，一九四六年和核物理学家钱三强结婚时，约里奥－居里夫妇还打破先例，出席了婚宴并致了美好的贺词。这一年的十一月二十日，何泽慧首先观察到轴核裂变的四分裂现象，这是二战后新的重要的研究发现，在国际科学界引起反响。一九五九年,苏联撤走专家,中国政府决定依靠自己的力量搞原子弹。钱三强向有关方面推荐了彭桓武、王淦昌和何泽慧进入研制原子弹的核心组。但因何泽慧是女性,又是钱三强的夫人,名字被高层勾掉了。二〇〇五年八月二十七日,我为写何泽慧父亲何澄的传记,曾与何泽慧进行过一上午的交谈(之后还进行过多次)。也就是在这一次的交谈中,她对当年没有进入研制原子弹核心组仍然愤愤不平,她说:毛泽东是'老封建',就因为我是女的,把我刷下来了。如果我进了研制核心,中国原子弹可能早爆了……但说归说,干该干,在研制氢弹时,邓稼先在资料里看到的一个数据,彭桓武他们觉得不可靠,就决定重做实验,重测这个数据。"结果何泽慧她们白天黑夜地干,只用了几个月就做出来了。核武器数据没走弯路,这是个很重要的事情"(彭桓武回忆何泽慧,《科技日报》,二〇一一年八月三日)。

何泽慧于二〇一一年六月二十日仙逝了。也许是深不可测的物理在冥冥之中的排列,在何泽慧逝世后的一个月,我看到了由山东大学文艺美学研究中心副教授王祖哲和何泽慧之子、北京大学物理学院钱思进教授共同合作翻译的《居里一家》(湖南科学技术出版社,二〇一一年七月)。

从一九三五年九月商务印书馆出版《居礼传》(黄人杰译,上册为玛丽·居里为其丈夫皮埃尔·居里所写的传记,下册为玛丽·居里自传),到一九三九年十一月商务印书馆出版居里夫人二女儿艾芙·居里的《居里夫人传》(左明彻译),之后的这几十年间,有关居里夫人的传记持续热销,真真假假、剪剪裁裁、拼拼凑凑缀成的《居里夫人传》不知凡几,除了艾芙·居里的《居里夫人传》,比较真实可信的另有这么两种:《一个无上荣光

居里一家

一部科学上最具争议家族的传记

[美]丹尼斯·布莱恩 著　王祖哲 钱思进 译

湖南科学技术出版社

［美］丹尼斯·布莱恩著

王祖哲、钱思进译《居里一家》

的女人》(〔法〕弗朗索瓦兹·吉鲁)和《玛丽·居里:她的一生》(〔美〕苏珊·昆),而弗里德里克·约里奥和伊蕾娜·居里(合称约里奥-居里夫妇)的传记却鲜有。二〇一〇年,钱思进教授给我发来《居里一家·译者序》,我才知道有这么一本全面介绍居里一家的传记值得一读。译者之一的钱思进特别强调传记的生命力和真实性,他说:"传记文学的生命力在真实。传记作家应该以本书作者(〔美〕丹尼斯·布莱恩)和艾芙·居里为榜样。在此,我特别希望向读者强调本书的真实性,用以针对现在中国人物传记文学领域中存在着的一些造假、虚构、杜撰、臆造和篡改历史的不良倾向。"有此"真实性"高悬于上,我收到《居里一家》后,首先翻看的是作者有没有一味地褒扬,其次看够不够中立,然后看是不是具有批评性,最后看此书有没有传递人类共有的价值取向。阅读之后,我得出一个基本的评价:我们的传记作家所写的科学家传,很少有一部作品能像《居里一家》这样在保障真实、较为准确的严格界限下,不偏不倚地对传主描写得如此彻底,如此神妙,如此触动人的心弦。令我最感兴趣甚至几不能寐的是,这个对人类贡献无可度量的科学家族的每个成员,其异于我国科学工作者的地方究竟在哪里?

　　一九〇二年,居里夫人的丈夫皮埃尔·居里的健康出了些问题,生活也很困难,他的朋友们敦促他去竞选法国科学院院士。因为院士的头衔可以增加晋升的机会,得到自己的一所实验室和一份过得较好的薪水。但皮埃尔不愿走逐一拜访科学院物理同事的程序,因为走此程序意味着要推销自己,还要列举自己的成果,并解释自己为什么是最好的一个候选人,等等。这种自贬身价的规定动作,对他来说基本

一九四六年夏,何泽慧(右二)与约里奥－居里夫人在巴黎

算是一个侮辱性的过程。当时有三个候选人,因皮埃尔太单纯,不会玩这种说自己是最好的、唯一的之类游戏,反而在拜票的过程中说自己的竞争对手之一阿马伽比他更受之无愧。结果可想而知,阿马伽以比皮埃尔多两票当选了法国科学院院士。对此,《居里一家》的作者丹尼斯·布莱恩只用一句话作评:"皮埃尔唯一的遗憾是浪费了时间。"

居里夫妇发现镭后,很快就有工厂准备开发镭用以牟利,如果他们申请专利,可以立即致富。可他们只同意把镭贡献给全世界——他们认定,从自己的发现中谋取经济上的好处,是违背科学精神的!

玛丽·居里有句座右铭:"在科学中,我们必须只对事物感兴趣,而不对人感兴趣。"她以此婉拒了大多数的社交活动,但也有例外。有一次,法国总统埃米尔·卢贝邀请他们夫妇赴宴爱丽舍宫,总统夫人问她,是否愿意被引荐给希腊国王? 她问:"为什么?"不走脑子的这话出去之后,玛丽·居里才意识到顿时目瞪口呆站在她眼前的这个女人是总统夫人——自己太失礼了,于是满脸通红、结结巴巴地改口:"可、可是,当然,我将唯命是从,只要您乐意。"坚守自己的原则,对玛丽·居里这样享有盛誉的科学家来说,也不是容易的啊——作者丹尼斯·布莱恩如此感叹。更多的是相反的事例——当美国总统决定送给玛丽·居里一克镭之后,法国公共教育部要授予她"荣誉军团勋章",玛丽·居里坚决辞谢了。

求真的精神在居里夫人的女儿伊蕾娜·居里身上也有着很生动的体现:法国第一位犹太人总理,设立了一个新的政府部门负责科学研究,提名伊蕾娜·居里出任该部副部长。

许多人都认为她不会离开实验室，而去担任这个意味着频繁出席各种会议的职务，但她却赴任了。有一天，秘书交给她一封婉谢出席某项活动的公函让她签字，结尾有一句"很遗憾我不能出席"的话，于是，她拒绝在上签字。为什么？因为她说她并没有感到遗憾……最后还是秘书删除了"遗憾"一词，她才签了字。

《居里一家》的作者丹尼斯·布莱恩是一位著名的传记作家，有《爱因斯坦全传》《普利策全传》《知情者心目中的海明威》等著作，光看他所写的这些天才人物的大名，我便对他另眼相看，更相信他是真著名。丹尼斯·布莱恩生于英国南威尔士的卡迪夫市，从伦敦"爱尔兰新闻服务处"开始他的传记写作生涯。《居里一家》由位于美国新泽西的约翰威立(Wiley)出版社于二〇〇五年八月出版发行。据说，丹尼斯·布莱恩正在写一本关于美国总统（从华盛顿到布什）与以色列关系的书，这也同样令人期待。

二〇一一年是国际纯粹与应用化学联合会的前身国际化学会联盟(IACS)成立一百周年，也适逢居里夫人获得诺贝尔化学奖一百周年；二〇〇八年十二月三十一日第六十三届联合国大会通过决议，将二〇一一年定为"国际化学年"(International Year of Chemistry)，以纪念化学学科所取得的成就以及对人类文明的贡献。非常感谢湖南科学技术出版社在"国际化学年"引进这本像侦探小说一样让人入迷的名人传记《居里一家》！也十分感佩湖南科学技术出版社选择了两位像创作一样对待译作的译者。中国教育从一九五〇年代开始文理科分家之后，许多文科生不大懂较专业的科学，而理科生又不大会铺陈文字。湖南科学技术出版社请了一文一理两位译者互补,不但译文通晓流畅,"信、达、雅"也有很好的体现。最可贵的是,译文基本没有冗长的欧化句式,是一本给中国人看的译本;更难得的是,原书作者也有一些可以原谅的错误,但译者在翻译过程中,都加注释予以改正和说明。如,原作者说,"一九〇一年第一届诺贝尔物理奖获得者伦琴于七十三岁时去世",译者更正为七十八岁时去世(四十页);原作把一九〇八年诺贝尔化学奖得主厄内斯特·卢瑟福误为物理奖得主(九十一页),译作更改了过来;原作说法国科学院有六十八位院士,译者纠正为五十八位(九十二页);原作说"玛丽·居里的法律顾问雷蒙·庞加莱在一年之内将成为法国总统",经译者核实,其当选法国总统的时间是在一年多以后(一〇〇页);原作说,"从捷克斯洛伐克约阿希姆斯塔尔矿提取的镭",译者对此有疑,认为"镭"似乎应为"铀",并说明为什么存疑(二〇六页)。凡此种种,在随页注释中有很多。我甚至以为,干这种活儿的简直不是一个译者,而是一把激光制导的手术刀,非要把所有硬伤内伤全部割除才觉得对得起读者。

译者之一的钱思进教授求真求实的科学精神,同样体现在人们热议的二〇一二年是否可能成为物理学的突破年上。《南方周末》二〇一二年二月二日刊发中国科学院理论物理研究所研究员李淼的文章《二〇一二:物理学的突破年》。对于此事的可能性,我通过邮件询问正在瑞士日内瓦的欧洲核子中心(CERN)参与世界上最大的粒子加速器(大型强子对撞机)国际合作科研项目的钱思进。他说:"我作为直接参与者(李淼是间接参与,因为他的专业是理论物理,与我们的实验物理,有很大差别),对他文中的论点并不完全认同。如他说二

○一二年将积累比二○一一年多几倍的数据后,一定能找到'上帝粒子';实际情况是:二○一二年的数据也有可能产生相反的结果,即'上帝粒子'根本不存在。"之后,我又通过黄祖洽院士的女儿询问黄先生。黄先生说:"据我所知这个希格斯粒子的存在还没有得到证实,理论上是希望有,但还需要有实验数据的证明,现在还不能断定。"

科学需要实证,文学需要想象,而处于两者之间的科学家传记,到底该如何写?我想,还是应该像丹尼斯·布莱恩这样,第一是真实,第二还是真实,第三,如果不能据实写来,那还不如不写。

译者在《译者序》中开玩笑地说:"今后,如具有谁想增加自己荣获诺贝尔奖的机会,最好改姓'居里'。"最后,我也想开玩笑地说,今后,如果谁想增加成为科学家的机会,最好不要看那些打着"励志"的招牌,为了大赚一把的充满虚构和杜撰、臆造的科学家传,要看就看《居里一家》这种真能使你对科学产生兴趣的名人传。

二○一三年三月二日

从《居里一家》想到钱三强

　　科学家的爱情问题,无论中外,都备受传记作家的关注。诺贝尔物理学和化学奖两次荣获者玛丽·居里也曾有过一场轰动一时的爱情。

　　皮埃尔·居里先生逝世后,寡居的居里夫人与常人一样,同样需要情感的慰藉,于是便与法国物理学家郎之万有过一段短暂的"爱情"。一九一〇年,还没有那么多演艺明星的猎奇新闻可以充斥报纸的版面,"保守派、天主教派、男子至高主义者、憎恶女人和反犹太者"纠集成了一个松散却又活跃的同盟, 对玛丽·居里和郎之万的这段爱情, 发起了一场意在毁掉玛丽·居里事业和荣誉,却又"没有证据"的攻击。为了捍卫玛丽·居里的尊严,她的拥护者、文学杂志《吉尔·布拉斯》编辑亨利·谢尔威,甚至跟诽谤玛丽·居里的《战斗法国人》的撰稿人莱昂·都德,进行了一场决斗:谢尔威赢了,都德的肘部被刺开了一道很深的口子。还有一场决斗是在刊发玛丽·居里、朗之万信件的《劳动报》编辑泰瑞与批评刊发私人信件的《吉尔·布拉斯》主编皮埃尔·莫蒂埃之间进行

　　一九七三年二月,钱三强与何泽慧在中关村十四号"特楼"书房讨论撰写《原子能发现史话》

的,泰瑞两次刺伤莫蒂埃的胳膊。最后一场决斗是当事人之一朗之万和泰瑞进行的。他们不用剑,而是用枪,地点在自行车运动场。但令人长舒了一口气的场面出现了,泰瑞把手枪指向地面,面对这种情况,朗之万也很难向一个不再威胁自己的同学开火。助手们拿走了他们各自的枪,向天空放空了子弹,决斗结束。

丹尼斯·布莱恩在《居里一家》对玛丽·居里与郎之万的这场爱情风波的描写,使我想起了三十多年前作家理由在写钱三强与何泽慧一篇报告文学的旧事。

一九七九年五月九日,《光明日报》记者部派作家理由到中国科学院采访钱三强。七月上旬,理由把写好的报告文学《科学与爱情》送交钱三强审阅。钱三强尊重作家的辛勤劳作,认真阅读了理由的这篇作品。读后,他和何泽慧均不同意用《科学与爱情》作标题,同时,对文中虚构的钱三强向何泽慧求爱的军邮信和二十五个字的 "爱情信"(战时限制,只能发二十五个字),建议不写为好。结果双方为此发生了激烈的争论。理由的"理由"是,作家有创作和合理想象的权利,坚持不改;钱三强坚持的是,科学就是科学,与爱情无关,何况在战争的状态下,我们根本没有你所写的那些浪漫的爱情(按:钱三强与何泽慧是清华大学物理系同班同学,学习和研究范围相同,他们之决定未来生活在一起,是水到渠成的事;我手头有一些何泽慧通过国际红十字会与家人的通信,内容绝大多数是重复的,如"你们和家里怎么样? 你有父母的消息吗? 你能给家里写信吗? 我挺好的"之类)。在钱三强完全不同意发表的情况下,理由仍然发表了这篇题为《科学与爱情》的作品,但在文章前面加了一段引言:"严肃的科学与缠绵的爱情,两者之间是那样的不谐调,以致很难把它们扯在一起。因此,本文中的两个主人公,一致反对作者用这个做题目。请原谅作者的执拗,理由是,文责自负。"现在还有不少不明就里的人,将理由虚构的那封二十五个字的爱情信当做科学家的爱情经典,在相关文章中你抄我,我抄你,最后都搞不清谁抄谁,成了一团糊涂账,真是可叹!

二〇一二年二月十日

一本不合格的传记

　　近几年来,我们一直从事着何泽慧的父亲何澄传记的资料搜集和写作。所以,十分注意新近出版的《钱三强与何泽慧》一书(祁淑英著,春风文艺出版社,二〇〇九年一月)。遗憾的是,从我们掌握的史料来看,此书中凡写何泽慧和她父亲何澄以及外婆王谢长达的,多为误人子弟的"创作"。如:"何泽慧祖籍山西灵石县。何氏家族原是声名显赫的晋商;"(十七页)"何澄作为爱国商人,在苏州城驻足后,首先想到的是发展民族工业,于是,他在苏州城创办了一家织布厂……这期间,何澄结识了一位长辈——苏州城著名的知识女性谢长达。因为谢长达也同样酷爱收藏,酷爱收藏图书,她在苏州城创建了一座藏书楼,也就是苏州城的第一座图书馆……谢长达在热衷收藏的同时,无疑对喜爱收藏的何澄颇有好感,于是,谢长达将自己的女儿王季山许配何澄。"(十九页)

　　真实的何澄和王谢长达的身世是怎样的呢?何澄,字子文,号亚农、两渡村人、真山。一八八〇年出生在山西灵石县两渡镇一个累世五代的"科举旺族"。在科举取士的清代,两渡何家在黄卷青灯之下，把读书、应考和做官发挥到了极致。到清代末期科考废止，灵石两渡何家中进士者十五人，在清廷中枢机关——内阁、各部院衙门、内府以及地方文武官衙门供职者一百六十余人。直到今天，两渡何家仍是研究明清时期文化家族何以繁盛的一个典型案例。一九〇二年，何澄自费东渡日本，开始了"强国梦"的征程。他是中国同盟会最早的成员之一，并且是日本陆军士官学校留日学生中志在推翻清廷的秘密组织"丈夫团"的主要成员。一九〇八年，何澄毕业回国，被清廷陆军部通国速成武备学堂（保定陆军军官学校前身）聘为兵学教官。一九〇九年，入清廷陆军部军谘处及后来独立出来的军谘府第二厅任职。同年，经明代大学士王鏊第十四世孙、晚清著名物理学翻译家、曲学家王季烈介绍，与其四妹王季山结婚。一九一一年，辛亥革命爆发，何澄自京城南下，协助陈其美谋划光复上海，任沪军第二师师参谋长。一九一二年八月，何澄退出军界，回到其妻的苏州定居，并在十全街建造了自己的第一所私宅"两渡书屋"。一九一四年，开办了益亚织布厂，生产一种上等的丝光爱国布。

　　如此一个名满天下的科举世族，在该书作者祁淑英的笔下，竟成了"晋商"。更为荒诞无稽的是，何澄买下网师园的时间是在一九四〇年，但依作者的描述是在何澄开办织布厂的同时，即一九一二年前后。因为把何澄购买网师园的时间提前了二十多年，所以，书中出现了不少"原子世界的科学伴侣——中国的居里夫妇"钱三强和何泽慧在网师园中生活的情节，这当然都是惹人发笑的没谱的事情。到一九四八年，何泽慧和钱三强回到苏州，这时网师园确实是自家

祁淑英著《钱三强与何泽慧》

的园子了,但何澄早在两年前便已去世。作者祁淑英却让何澄从天堂回到了人间:"何澄老人用唐代诗人杜荀鹤的《泾溪》诗来劝慰女儿和女婿。"(一四九页)读着这样的掮写,真是让人哭笑不得。

王谢长达是一个令人佩服的老太太。当时的苏州人不管是缙绅还是平民,都管她叫王三太太。一九〇二年,她就组织了"放足会",一九〇六年,在苏州十全街东小桥与其他开明人士自筹资金创办了振华女子两等(高等、初等)小学堂(其后成为赫赫有名振华女校,即现在的百年名校苏州十中)。一九一一年十一月,上海光复,她在苏州成立起"女子北伐队",自任队长,为革命军筹募军饷,与何泽慧的父亲何澄一起,为推翻清廷、创建共和做出了自己的贡献。一九一五年,她与同仁发起成立"女子公益团",任德行部长。诚如蔡元培先生于一九三四年在王谢长达追悼会上所说:"先生一生事业最重要的,是对于男女平等权,最着力而最有成效。"但在作者祁淑英的笔下,王谢长达却成了一个只喜爱收藏的人。把一个伟大新女性一生事业抛开不顾,这对一个传记作者来说,也是一种很奇怪的态度。

作者祁淑英在书中有枝有叶、有板有眼地说王谢长达创建了"一座藏书楼,也就是苏州城的第一座图书馆",这其实也是移花接木。苏州最早的一座近代意义上的公共图书馆始建于一九一四年,原名为"江苏省立第二图书馆",是在清末正谊书院(今府学东,沧浪亭北,可园内)学古堂的基础上建立的。而祁淑英所说的王谢长达创建图书馆,其实是振华女校于一九二八年搬到苏州织造署内后,由何泽慧的二姨王季玉于一九三〇年所建的振华女校图书馆。为感谢并铭记老校长王谢长达创办振华女校的丰功伟绩，校董会决定将这座图书馆命名为"长达图书馆"，并请蔡元培先生题写了馆名。

尊重历史，是任何一部传记的命根。以文学的幌子，一味胡编滥造，则是万万使不得，行不通的。

《钱三强与何泽慧》一书错误较少的是写钱三强的部分。但此中的许多情节和对话，与钱三强的秘书、原中国工程院秘书长葛能全所著《钱三强》(山东友谊出版社，二〇〇六年六月)有着惊人的雷同。我们只举其中的一例。

祁淑英著《钱三强与何泽慧》第一四二页：

随着几声汽笛的长啸，轮船徐徐驶进黄浦江，阔别十一年的上海渐渐出现在眼前。钱三强和何泽慧的心情无比兴奋，他们抱着七个月的女儿祖玄，站在甲板上兴奋地说：

"我们终于回来了，我们终于到家啦！"

这一天，是一九四八年六月十日。他们在大海上足足颠簸了一个月零八天。

他们上岸的码头，正好是十一年前何泽慧登船去德国的那个码头。如今这里景物依旧，几乎看不到什么变化，只是觉得，更破旧，更脏乱，更多了许多伸手乞讨的贫苦的同胞，走不几步就会有一只手伸到面前。面对这样惨不忍睹的景象，何泽慧心里顿觉沉甸甸的。

赶来迎接姐姐、姐夫的何泽诚，则不以为奇。

何泽诚把话题扯开来,说:"你们人还没有到,消息早在报纸上传开了。"何泽慧的胞弟也是一家小报社的记者,人很热情,也很爽朗,一见面就说开了新闻旧事,这使得何泽慧的心绪有所缓解。

葛能全著《钱三强》第一五九页:

随着几声汽笛,轮船徐徐驶进黄浦江,阔别十一年的上海渐渐出现在眼前。钱三强和何泽慧的心情无比兴奋,他们抱着七个月的女儿,站在甲板上不住地说:"终于到了,我们到家啦!"

这天,是一九四八年六月十日。他们在大海上足足颠簸了一个月单八天。

很巧,他们上岸的码头,正好是十一年前钱三强登船远去的那个码头。如今这里景物依旧,几乎看不到什么变化,除了更破旧更脏乱,更多了许多伸手乞讨的人群,走不多几步就会有手伸到面前。面对这样场景,钱三强心里顿时生出沉甸甸的感觉:"怎么有这样多要饭的?"

赶来迎接姐姐、姐夫的何泽诚,则不以为奇,随口应了一句"这算不得什么",便机灵地把话题扯开:"你们人还没有到,消息早在报纸上传开了。"何泽诚也是一家小报社的记者,人又热情爽朗,一见面就说开了新闻旧事,使钱三强顿觉眼界洞开。

两相对比,我们发现两书中唯一的不同之处,在于"他们

上岸的码头……"那一段中传主人物的变化:祁淑英所写的感到景物依旧的主人公是何泽慧,葛能全所写的感到景物依旧的主人公是钱三强。那么,两者之间,谁是原创呢?我们以为葛能全是原创。因为我们手里有一封何泽慧于一九三六年九月二十日写给她大姐何怡贞的信。从信中完全可以证明,何泽慧是在一九三六年九月三日从北平动身,坐火车经莫斯科而在九月十五日到达柏林的。但在祁淑英的笔下,何泽慧却是一九三七年从上海坐船去的德国。显然,她是把葛能全写钱三强去法国的时间和地点改成了何泽慧,结果不但导致何泽慧前往德国的时间地点路线全错,而且还露出了她照搬葛书的破绽。

一九九七年,有感于我国传记文学的鱼龙混杂,我们曾在《书屋》杂志上撰写过一篇小文——《传记大师莫洛亚与中国的传记文学》。文章结合莫洛亚的"艺术传记"作品,提出我们的一些看法。对于莫洛亚的一些主张,我们深感敬佩。如:"传记作品应该严格依照史料进行创作,对传主的生平材料全部取之于历史,不可掺兑任何虚构的成分";"传记作家不能构想情节,不能人为地使之完善。传记作品的特点是只能依赖事实本身。传记作家不能依照典型化的一般规律来塑造艺术形象,而要在广泛收集材料的基础上进行再创造。"这一直是我们评判一本人物传记是否合格的参照线。因此,我们认为:《钱三强与何泽慧》不是一本真正的传记,这是一本编造、拼凑而成的书;或者也可以说,这是不合格传记的一个典型的标本。

二〇〇九年四月九日

解密《南园藏宝之谜》

    文物收藏是何澄先生从政在野时的最大爱好,除世界名园苏州网师园之外,遗藏文物也是留给国家和人民的另一笔遗产。多年前,我和张济先生着手撰写长篇人物传记《何澄》时,遇到过一个大问题,即,没有看过何澄先生的文物能不能写他收藏的一面及其藏品? 当我们得到苏州博物馆时任馆长张欣先生的鼎力支持,看了由何泽瑛代表她的兄弟姊妹捐献给苏州博物馆何澄先生几乎全部遗藏文物后,得出一个结论,那就是,不看文物是不能写文物的,更不能写把玩过这些文物的主人。这是因为文物是活的,养文物的人走了,可他的后人还在。故在写《何澄》文物收藏的章节时,我们是看过、研究过何澄先生遗藏的全部文物后才动笔的。这样做的好处是,避免想当然。

    在写《何澄》时,何澄先生次子何泽涌教授送给我一本王志豪主编的《南园秋春》(新华出版社,一九九四年十月),也买到过宋路霞女士的《百年收藏——二十世纪中国民间收藏风云录》(复旦大学出版社,一九九九年二月)。由此,仅以宋女士该书中的《南园藏宝之谜》（第八章"古玩——方寸之间千秋史"）为例，解密一下没有看过实物的描写到底有什么错，以及这些错是如何来的。为方便读者对照，我将宋女士《南园藏宝之谜》一文有关段落分解，用注释号标出，纠正按注释号对例其下。

> 南园……其实在院子的西北端，还有一栋别墅式的小楼，楼前山石叠峰，树木掩映，山石下还漾着一汪池水。此小楼名曰"灌木楼"，相传旧匾还是乾隆所书㊀。正是这幢小楼，数十年间，一再爆出了收藏界的奇闻，令世人惊讶不已㊁。（三六七页）

㊀"灌木楼"匾额，并不是乾隆皇帝所书，而是清乾嘉时期与何澄高叔祖何道生相交的隶书大家桂馥所题。
㊁"灌木楼"内连一次收藏界的奇闻都没有爆出过。

> 二十年代"灌木楼"的主人叫何亚农（何澄）（一八八〇～一九四六），山西灵石人。早年参加过同盟会，留学日本振武学堂和陆军士官学校，曾受孙中山先生的派遣回山西作革命宣传，系国民党元老。辛亥革命时佐陈其美督师上海，可是不知何故，至一九一七年㊂就解甲移居苏州，办厂建校㊃。他的岳母为教育家谢长达，何即兼任了振华女中的校董。（三六七页）

㊂何澄先生于一九一二年就携妻儿寓居苏州。
㊃何澄先生没有办过学校，只是振华女校的校董。

何澄私宅"灌木楼"客厅正中悬挂着清代隶书大家桂馥所书"灌木楼"匾额

传说他用十万元买下了苏州名园网师园,而卖掉园中的明式家具又赚了十万元，等于白捡了一个偌大的江南名园⊖。(三六七页)

　　⊖一九四〇年,何澄先生用了五万元,从亲戚张锡銮后人手中买下这所破园子(其族兄何厚琦为张锡銮女婿)。其时,正是日本占领中国大片河山之时，破败不堪的网师园既无人住,也无人看管,更谈不上修缮。出于爱园之情,何澄先生花五万元买下这所园子,在当时是傻子才肯做的事。买下这所旧园后,何澄先生请来大木、红木(小木)、砖、石各行的能工巧匠,大加整修,使一所近于颓败的旧园,臻于完美。在修葺网师园的三年时间内，何澄先生不但没有卖过一件庭堂原有的家具,反倒置买过不少。网师园的家具丢失,发生在新中国成立之后。如果要算旧账,该追查的是,谁将网师园内不少红木家具给窃走了?

　　鉴于其子女均不在苏州,其房子就由国家接管⊖,解放初成为外宾招待所,而其藏品就更加无人提及了。(三六八页)

　　⊖一九五〇年九月，何澄先生长子何泽明经与姊、妹、弟商议,决定将网师园和阔家头巷七号房屋(即"两渡书屋")捐献给国家。其"灌木楼"并不在捐献之内。一九五一年,当时的苏州地委会需用"灌木楼",派人到沪与时在中科院上海实验生物所工作的何泽瑛商谈"租房"之事。本着互谅互让的原则,苏州地委所去之员与何泽瑛商定,每月仁若干折实后的租金,存入以何泽瑛为户名的银行存折,同时每次将一"收条"寄给何泽瑛,经何泽瑛签字后寄回作为签收凭据。同时议定,房屋所需税款和修缮费用可从存折上支取。这些契约和存折等物,现由何泽瑛保存。宋女士所言"灌木楼"由国家"接管",此说并不存在。

> 解放后,有一天南园外宾招待所的同志在打扫卫生,用长柄鸡毛掸子拨扫各处的积尘和蛛网,当清扫到灌木楼㊀后面的一间浴室时,七捅八捅,竟发现该浴室的一块壁板是活动的!工作人员把壁板移开之后,发现一间复室,复室的天花板上面又有一层暗室。工作人员找来梯子上去一看不得了,上面静静地躺着几十只贴了封条的箱子㊁,打开一看,里面全是古物:青铜、瓷器、古书、古画、古印、古墨、古扇……苏州市文管会前去清点,共计一三五〇件㊂,这竟是何亚农当年收藏的所在!(三六八页)

㊀何澄先生的这批遗藏文物并不是在"灌木楼"发现的,而是在"两渡书屋"。

㊁据当年文管会所开捐赠目录清单,计两只樟木箱,两只皮箱,一只木箱,共五只箱子,而不是宋女士所说的几十只箱子。

㊂据当年苏州市文物保管委员会开具给何澄先生三女儿何泽瑛的捐赠收据:"何泽瑛先生:兹承惠赠本会文物一

何澄遗藏文物发现地"两渡书屋"

《苏州日报》
关于《何澄先生房产文物捐赠仪式举行》的报道

三七四件、图书六四二册,具徵。先生爱护文物及关怀人民文化事业之热情,至深感佩;除将此项惠赠之件由会妥为保管外,谨此申谢,并致敬礼。苏州市文物保管委员会谨启。一九五六年二月廿九日。"

这里需要说明的有二:

一、苏州市文物保管委员会当时登记造册的文物清单件数,是把包括装画的两只樟木箱、两只皮箱、一只木箱及笔三十五支、纸十五束及九件各种玻璃板画谱、阁帖玻璃板和五十册英文杂志也计算在内了,并不全是文物数,除去后经专家定级的非等级国家文物三百六十四件, 共有一〇一〇余件。

二、在"两渡书屋"发现的这批文物,也并不全是何澄先生在日军侵占苏州逃难时的所藏, 有一部分文物是于一九四五年七月,赴北平欲再转赴山西、重庆之前存放进去的。

> 箱子运到了文管会,经专家审定,属于一级品㊀的文物很多,著名的《消夏图》㊁即在其中,文徵明、唐寅、王麓台等的名画有五十余幅㊂。(三六八页)

㊀《文物藏品定级标准》是文化部根据《中华人民共和国文物保护法》和《中华人民共和国文物保护法实施细则》的有关规定,于二〇〇一年四月九日制定出的。该定级标准由《文化部二〇〇一年第十九号令》下达后才开始进行。一九五五年发现的何澄先生这批遗藏, 当时的专家不可能为其定级。

㊂中国画史上"消夏图"很多,何澄先生遗藏的此画,系明末清初培风阁主人张孝思所藏,后归何澄先生。右裱边有吴湖帆所题"南宋人画五王嬉春图",左裱边有吴湖帆的题跋。

㊃何澄先生遗藏古代和代近画作,并不是宋女士所说的五十余幅,而是只有三十余幅。书画总计一四四幅。再,何澄先生所藏最多者亦不是文徵明,而是董其昌,计三幅:《仿诸家山石皴法卷》《山水图册》及《半笠山水图卷》。文徵明的作品有两幅,一幅为《刘彦冲临松厓图卷》,一幅为《寒原宿莽图卷》。唐寅及王麓台的画作,则一幅也没有。王原祁的《仿大痴白面扇》倒是有一。

苏州文管会立即与何亚农的女儿何泽慧㊀、何泽英㊁联系,她们表示,藏品全部捐献给国家㊂——时值苏州博物馆㊃初创时期,得此一大宗文物,正好奠定该馆藏品的半壁江山。同志们立即赶制清单、编目,忙个不亦乐乎。(三六八~三六九页)

㊀苏州文管会先是联系何泽瑛,何泽瑛又联系何泽慧。
㊁"何泽英"应为"何泽瑛",下同。
㊂何澄先生遗藏文物的发现及由其子女捐献给苏州文管会的事大体上是这样的:一九五五年,苏州南园饭店工作人员在对所租用的"灵石何寓"内的"两渡书屋"进行整修时,发现了何澄先生的这批藏品。这批文物被苏州市文物保管委员会接收后,与何澄先生有旧交的钱镛先生即与何澄先生三女儿何泽瑛取得联系,何泽瑛又把其父生前所藏文

物发现之事告之兄弟和大姊二姊，并商议如何妥善保存父亲的心爱之物。最后,何澄子女无一例外地同意把这批文物捐献给国家。捐献人为:

何澄长女、光谱和固体物理学家何怡贞;

何澄长子、教育家何泽明;

何澄次女、核物理学家何泽慧;

何澄次子、细胞学家何泽涌;

何澄三女、植物学家何泽瑛;

何澄三子、机械技术专家何泽源;

何澄四子、物探高级工程师何泽诚;

何澄五子、物理学家何泽庆。

㈣苏州博物馆成立于一九六〇年,而不是宋女士所说发现何澄先生这批遗藏文物的一九五五年。

　　大约到了八十年代末,在何亚农离开苏州快五十年的时候,何的一个小女儿㊀有一次因事过往苏州,有人对她讲,南园宾馆内正在翻建花园。一听说"花园"二字,何泽英突然洞开了记忆的闸门,她说:"父亲当年走时走得很匆忙,好像在花园里埋过什么东西,会不会是文物藏品呢?"㊁回到南京后向领导一汇报㊂,领导非常重视,就联系了南京博物院的专家,与何泽英同志一道去苏州,挖挖看能否挖出东西。(三六九页)

　　㊀何澄先生只有一个小女儿,叫何泽瑛,没有第二个。
　　㊁我曾问过何泽瑛,当时您说过这话吗?何泽瑛说,怎

一四一

么可能？大庭广众之下，我说这种藏宝的话，那不被人早早挖走了吗？

㊁何泽瑛的工作单位是中科院南京植物研究所，把自家的东西挖挖看，好像无须向植物所的领导汇报吧？

　　果真不出所料，在灌木楼前假山棕桐树下的土坡中，人们找见了一只掩埋了近五十年的箱子㊀。打开一看，竟是一箱稀世石章，其中有上等田黄、鸡血石等数十块㊁。过去人们常讲"一两田黄一两金"，如今田黄越来越少，价值早已胜过黄金，而且何亚农这批田黄，不仅石块大，而且色泽纯润、纹理透晰，鸡血石亦是血色鲜艳，覆盖面大，世间罕有其比。南京博物院的专家将一箱宝贝小心翼翼地带回，经反复研究鉴定，的确件件真货实件无疑。何氏儿女又将此批宝贝捐献给国家，国家发给他们六万元奖金，他们把奖金又捐给了慈善机构㊂。一九九二年南京博物馆⑩将这批罕见名章办了一个展览会，轰动了当地的收藏界和文博界⑪。
（三六九页）

㊀这批印章印材是装在青花瓷罐里的，并不是箱子。
㊁何澄先生遗藏的这批印章印材，何止数十块？计有印章五十八钮，印材十四钮，共计七十二钮。其中鸡血石印十七钮；青田石印十钮；寿山田黄石印二十四钮；何澄名章、收藏印七钮。印材：田黄石四，鸡血石十。
㊂何氏兄弟姊妹将南京有关方面颁发的这笔奖金，全部

捐出用于发展教育事业,而不是捐给了慈善机构。

㈣南京博物院从创办始,就没叫过"南京博物馆",一直是"南京博物院"。一九五〇年三月九日,遵照中央文化部通知,原国民政府中央博物院筹备处正式更名为国立南京博物院,受中央文化部文物事业管理局领导。华东文化部部长徐平羽兼任首任院长,曾昭燏任副院长,主持日常工作。

南京博物院举办"老同盟会员何澄先生遗藏印章捐赠展览",时在一九九〇年九月二十四日至十月十一日(同时还附展了该院所藏珍贵印章一百二十余钮),时间并不是宋女士所说的一九九二年。

㈤何澄先生在苏州沦陷前,避难光福时,埋藏在"灌木楼"假山上的这批印章、印材,挖出来的时间远晚于藏匿在"两渡书屋"的那批藏品。一九九〇年夏季的一个星期天,何泽瑛的长女刘意达在路上遇见了在南京博物院保管部工作的一位同学。闲谈中,她向这位同学提起了外公生前收藏了一批印章、印材,日寇侵占苏州前,被外公埋在了私宅"灌木楼"南边的假山上。她妈妈想把这批东西找找看,如还在,就捐献给国家。

刘意达的这位同学听了这则秘闻后,出于文物工作者的职业敏感,将此事放在了心上。她想,宁可让它无,也不能让它一直埋藏在苏州南园宾馆的那座假山上。上班后,即向时任南京博物院保管部主任周晓陆做了汇报。周晓陆对这批印章、印材的下落也很上心,一面向院领导请示,一面积极联系何泽瑛。几天后的一个深夜,办齐各种手续的周晓陆带领保管部的人员随着何泽瑛和她的次女刘心恬驱车来到苏州南园宾馆。何泽瑛拿着手电筒,到了她最熟悉不过的假

一九九〇年,从苏州"灵石何寓"灌木楼假山挖出的何澄遗藏印章印材及瓷罐

《何澄先生遗藏印谱》

山上，一下子就记起这批印材印章的藏身之处。在她的指点下，南京博物院的工作人员，很快就把一个装着七十二钮印章、印材的青花瓷罐挖了出来。回到家后，何泽瑛即将此事通知哥哥、姐姐、弟弟，大家一致同意将这批印章、印材捐献给南京博物院。九月十五日，何泽瑛代表何澄先生子女与南京博物院签订了捐赠协议书。九月二十四日至十月十一日，南京博物院举办了"老同盟会员何澄先生遗藏印章捐赠展览"，将这批印章、印材，亮展于世。该展览举行后，《南京日报》《人民日报》《光明日报》《中国文物报》先后进行了报道。

何亚农共有八个儿女，其中中科院院士就有两位⊖，都为科技工作者，著名学者钱三强⊜为何的女婿。如今"灌木楼"已改为"观木楼"，是南园宾馆的一部分。昔日藏品均已移往博物馆，唯有网师园殿春簃的小院门内，尚有何氏当年写下的"真意"⊜二字手笔，唯不知那些影影幢幢（按：原文如此）、婀娜多姿的花木深处，是否还隐藏着当年园主的心上之物？（三六九～三七〇页）

⊖何澄先生八位子女，只次女何泽慧一位为中科院院士。

⊜钱三强是著名科学家，不是著名学者；著名学者是钱三强的父亲钱玄同。

⊜何澄先生亲书"真意"二字砖刻，不是在网师园殿春簃的小院门内，而是在殿春簃门框西侧。

王志豪主编《南园秋春》

一篇写收藏之谜的文章,既没采访过传主后人,又没看过传主的旧藏文物,怎么竟能写出来呢?我又翻看《南园春秋》,在孙荣昌、姜晋所撰《灌木楼主何亚农》及姜晋所撰《灌木楼珍宝之谜》一文中,看到了许多同类错误。如前文:"此小楼名曰'灌木楼',相传楼匾为乾隆手书";"民国六年,何亚农就来到苏州";如后文:"按照何亚农女儿何泽慧、何泽英捐赠国家的意见,造册子、注清单,忙得不亦乐乎";"近五十件书画中不乏文徵明、王麓台等名人大师的笔墨丹青佳构";"此事过后,不觉时光一晃已到八十年代末.在南京工作的何亚农的小女儿何泽英偶尔依稀记起父亲可能还有笔财物埋在灌木楼前假山棕榈树下的土坡中,不管是真是假,南京科学院领导和何泽英达成一致看法,决定派南京博物馆专人来苏挖宝";"经南京博物院人员来南园灌木楼前小山石坡挖掘,果真出土了一袋稀世石章,其中上等田黄、鸡血等名章数十块,众所周知,过去有'一两田黄一两金'的说法,如今田黄因极少采掘故更稀有,其价值远胜于黄金.田黄名石都产于福建寿山,何亚农这批田黄不仅石块大而且色泽纯,纹理透晰,鸡血石亦是血色鲜赤,复盖(按:原文如此,应为"覆盖")面大,实为难得的珍罕之物";"南京博物院的专家得到这批宝贝,惊喜之余,小心翼翼地将之安全带回,在南京经过反复辩析(按:原文如此,应为"辨析")和研究鉴定,确信件件真货实件无疑";"儿女们将这名贵石章捐献给国家,为报答他们这种无私的义举,国家给了六万奖金,可这笔奖金又被后代捐给了政府一个慈善机构。南京博物院曾在九二年将这批珍罕名章搞了个展览会,展览会轰动了当地收藏界和文博界。"

两相对照，不仅所述基本雷同，甚至连"何泽英"、"南京博物馆"也错得一模一样；写"南京博物院"对处，宋女士的《南园藏宝之谜》也对。而宋女士在所列的"参考书目"中，并没有王志豪主编的《南园秋春》。我想，也许当年网师园主人何澄先生，书写在殿春簃门框西侧的"真意"二字，真会让人悟出些什么。

二〇一二年一月五日

《杜陵诗史》再传奇

　　一九二六年，辛亥革命后移居上海的安徽贵池藏书家刘世珩（一八七五～一九二六，字聚卿，一字葱石，号继庵），在杭州为其父刘瑞芬（一八二八～一八九二，字芝田，号召我，曾任驻英大使兼驻法、意、比大使，召回后被授广东巡抚）修佛事时，咯血旧疾再发，回到上海后于十一月初九日病卒。其子刘公鲁（一九〇〇～一九三七，名之泗，字公鲁，以字行），继承了其父的收藏。

　　据"补白大王"和"掌故大家"郑逸梅先生述其行状：公鲁以遗少故，蓄发辫不剪，访黄蔼农（一八八〇～一九六八，名葆戉，号邻谷，福建长乐人，书法、篆刻家），蔼农强欲剪之，此后常蟠绕发辫于帽中，藉以掩护，终没有付诸并州一剪。又染烟霞癖，蔼农又劝其戒除，他婉拒说："患遗精病，戒则病不易治。"因此，有才艺而未能展其所长，这是很可惜的。公鲁很健笔。《晶报》上登载的他的作品，不下数十百篇。他喜评京剧，又谈梨园掌故，如《红线盗盒》，尤为赡详。公鲁不事生产，家用匮乏，大小忽雷于抗战前，即抵押于中国实业银行，由刘晦之（一八七九～一九六二，名体智，安徽庐江人，晚清四川总督刘秉璋之子)经手,后归北京故宫,今尚保全。又以宋版书一部分,抵押于何亚农（一度为网师园主人)（《郑逸梅选集》第六卷,《大忽雷与小忽雷及其藏者刘葱石、刘公鲁父子》,三三四、三三六、三三八页,黑龙江人民出版社,二〇〇一年一月)。郑逸梅先生说刘公鲁以宋版书一部分,抵押于何澄,此事不确,详情如下。

抗日战争爆发前,刘公鲁手头紧迫,将一部宋刻宋印孤本《杜陵诗史》(又名《王状元集百家注编年杜陵诗史》),通过定居在苏州十全街一五一号的"在野要人"、收藏家何澄(山西灵石两渡人,字文,号亚农)为中介,以两千五百块银圆典押给其小姨子王季常。

王季常,明季制艺开山始祖、八股文大师王鏊第十四世孙女;一八八〇年庚辰科进士、翰林,户部云南司主事、军机处行走,蔡元培先生座师王颂蔚幼女。一九〇七年嫁给大名鼎鼎的上海程家钱庄程增瑞之子程锺绅(字搢如)。一九一三年程锺绅得病去世,王季常回到苏州与倡导女权的先行者、创办振华女校的母亲谢长达共同生活。一九三三年,因筹办私立安定高级会计科职业学校,在相门内新学学宫东面建造教学及办公房舍,王季常陆陆续续从程家"三联号"钱庄支取了三十万银圆,因程家钱庄有"股东和经理不得向本庄借款或宕账"的规定,故其子程泽恒(字庸畴)与王季常发生争执。为缓和母子矛盾,并将安定学校创办起来,程王两家请其在大连寓居的长兄王季烈回来调解,最终商定:王季常从此以后不得在钱庄提取整款,每月所得之息与程庸畴对分。于是,在王季常名下共分得八十万财产,除不动产外,每月还可得利息一千元(事具王季常四姊王季山,一九三五年十一月三十日写给其在美国留学的长女何怡贞信函)。除此之外,程庸畴之子程

柳和城、宋路霞、郑宁著《藏书世家》

一九三五年十一月三十日
王季山给长女何怡贞信

毅中(一九五八年北京大学中文系研究生毕业,中华书局副总编辑,中央文史研究馆馆员,著名文史专家)也由王季常抚养,并接受私塾教育。王季常因结婚早,没有步她大姊王季昭、二姊王季茝、三姊王季玉后尘留学美国,但古典文学修养较高,书法亦佳,且能画花卉,所藏文物和书画为数不少。苏州博物馆现藏一巨型犀角杯(长八六厘米,角根宽外达一八·五厘米,重六千克),一串伽楠银丝嵌珠佛珠、四件伽楠手镯,即由其捐赠。王季常喜藏书,但多是实用的本子,善本很少,成套的只有商务印书馆于一九二二年由张元济先生主持出版的《四部丛刊初编》(三百二十三种,八千五百四十八卷),由于工书,尚藏有不少碑帖旧拓。

刘公鲁典押给王季常的《杜陵诗史》,是杜甫诗集的一个汇注本,也是孤本。因按编年汇集了杜甫的全部诗作,另有王安石、沈括、苏轼、秦观、张耒等七十余人对杜诗所做的注释和跋语,所以被古籍收藏家称之为"百家注编年杜陵诗史"。该书共十四册,字大如钱,纸洁如玉,为宋版书中的极品。该书的递藏,历经无锡华希闵、华亭朱大韶、商丘宋荦、昆山徐乾诸家,后归著名实业家周学熙,周学熙又将此书转赠给妹丈刘世珩,刘世珩病逝后归刘公鲁。刘公鲁将《杜陵诗史》典给王季常时,王季常连同典押文书,一并存放在装《杜陵诗史》的楠木匣里。有一时期,这部宋版书,就放在程毅中先生书架的顶上。他清楚地记着,楠木匣外面包着一层旧纸,曾打开看过,但祖母王季常只让他外观而不许他拿出来阅读(程毅中《〈杜陵诗史〉百年传奇的最后一页》,《世纪》杂志,二〇〇七年第五期,下同)。日军占领苏州之前,王季常带着程毅中避难,辗转到了洞庭东山;而刘公鲁,"当敌寇行将来苏,举家避往无锡乡间,公鲁坚不肯离,誓与残余文物共存亡。及沦陷,敌寇往叩门,公鲁自出启关,寇卒以枪上刺刀兆公鲁帽,帽堕地露发辫,寇卒作狞笑,公鲁惊悸成疾,犹强迫之作苦役,体力不支死。"(同上,三三八页)一九三八年春,王季常携程毅中回到苏州,家里财物遭受不少损失,但这部《杜陵诗史》则幸得保全。这时,刘公鲁遗族没有钱财赎回这部书,就按典押文书约定的逾期不赎而做绝了。

新中国成立后,程毅中先生去北京上学、工作。有一次,一人独居在苏州的王季常到上海儿子家小住,苏州家被盗。程先生给王季常写信时,还问起《杜陵诗史》在不在?并劝祖母把书捐献归公,但王季常没有同意。到了"文化大革命",程先生听说家中已被抄掠一空,更加关心起《杜陵诗史》的下落。一九六七年二月,窃踞"文革小组"成员的戚本禹在一次群众集会上讲到"文物还是要保护"云云,程先生听说后,就写了一封信给当时的"文革小组",请求调查、保护此书。程先生后来得知,当时刚成立的上海市革委会曾派人到苏州调查此事,苏州古旧书店的干部李某参加了会议,并向书店掌权者做过汇报。一九六七年十一月,为王季常看守苏州沈衙弄(今酱园弄)六号房屋的姚某的女婿马某某,把《杜陵诗史》盗卖给苏州书店,经手人就是曾参加调查会的李某。苏州古旧书店以二千五百元的价格收购了此书,随后又以四千元卖给了苏州市图书馆。事后程庸畤追查此事,苏州古旧书店为马某某保密,并向外界封锁消息。直到一九八七年,马某某盗卖《杜陵诗史》的案情败露,程庸畤遂委托律师并指定程毅中先生为代理人,向法院上诉,要求返还原物。经过三审,一九九二年四月三十日,苏州市中级人民法院判决:由马某某归还书款二千五百元,外加利息二千六百二十一元七角。程家不服判决,上诉到江苏省高级人民法院。一九九五年八月二十三日,江苏省高级人民法院在苏州进行调解,马某某和苏州古旧书店均未出庭,只有苏州市图书馆一方以图书馆经费有限为由,同意补偿程家二万五千元。此时程庸畴已病逝,程毅中先生作为全权代理人,表示不能接受。审判员声称如不接受对方的条件,只能驳回上诉。同年九月,江苏省高级人民法院果然以苏州市图书馆善意取得为由,驳回了程家的上诉,此案就此被迫了结。

然而,就在此案尚未彻底了结之时,在华东师范大学图书馆工作的宋路霞女士却在上海《书讯报》(一九九二年第五一四期)刊出一篇《绝世孤本〈杜陵诗史〉百年沉浮记》的文章。

宋女士的《杜陵诗史》"百年沉浮记"刊发后,同年九月,《书讯报》(第五一八期)即发表了苏州古籍版本学家、地方文献的守护者江澄波的质疑文章《绝世孤本〈杜陵诗史〉百年沉浮记质疑》和程毅中先生的"读者来信",对宋女士文中臆造的情节作了纠正。《杜陵诗史》递藏始末和归于苏州图书馆的原委,由于江澄波和程毅中先生的现身说法,基本厘清。

然而十年之后,上海人民出版社于二〇〇二年二月出版的"书香门第丛书"五种之一《藏书世家》(柳和城、宋路霞、郑宁著),宋女士又将原刊发在《书讯报》上的《绝世孤本〈杜陵诗史〉百年沉浮记》,改为《周学熙的一部宋版书引出百年传奇》,收入该书第九章《周馥家族的"诗书"传统》(二二七~二三三页)。该章节在二〇〇三年被《书摘》杂志(第九期)选载时,再改名为《一部宋版书的百年传奇》,于是流布于世。宋女士所写的这个百年传奇核心内容是这样的:

刘公鲁去世时遗下妻子儿女共十口人，二女均未长成，只能靠变卖家中旧物度日。《杜陵诗史》即在此时，流出了刘家，抵押给曾当过蒋介石老师的何亚农。后来刘公鲁之妻备了款子去赎，何氏竟不认账，说是当年已买断。何亚农居住在苏州亓十全街南园，因其跟蒋介石、日本人、汪伪均有联系，因此于日本宣布投降之日，连夜只身出逃，后在北平病死。他的太太则在解放初于苏州寓所内遭人杀害，此凶杀案几十年来不曾侦破。后来，他家的儿女出走四方，苏州南园的房子就作为苏州市的外宾招待所，招待所的工作人员在打扫卫生时，曾于一间浴室的后墙上，发现一扇活动的门板，门板内有一密室，密室的二层楼阁上，堆放了数十箱上了封条的何氏藏物。工作人员报告了苏州市文管会，文管会派人来接收，藏物多为书画、石章和瓷器，可其中并没有这部《杜陵诗史》。《杜陵诗史》似乎从天地间消失了。

　　然而又过了十几年，"文化大革命"爆发，所有藏书及其他藏品一夜间都成了"四旧"，谁都视之为洪水猛兽。而奇怪的是，这时《杜陵诗史》却又露面了，被人拿到苏州市古旧书店去估价，索要五〇〇〇元。苏州古旧书店大有识货人，买卖成交，转手后又归之于苏州市图书馆善本室，成为该馆的镇库之宝。后来人们才知道，何亚农当年不肯还赎的原因是他已经将书卖给了王季常，王家的女儿与刘公鲁的儿子刘重煮（现华东师大图书馆研究员）是中学同学，然而并不了解大人们的交易。于是围绕此书的所有权问题，又出现了麻烦。王家后人诉诸法庭，认为该女佣偷了他们家的宋版书去卖的；而女佣则说，是王季常老太临终时送她的，因王老太晚年病卧在床，全靠她来喂饭服侍，并且为之送终……官司打了多年，不知最后如何了结，然《杜陵诗史》已归苏州市图书馆，安然无恙了。（《藏书世家》，二三二～二三三页）

由于宋女士在《藏书世家》一书中对《杜陵诗史》最后传藏的归宿，与历史事实仍有一些不确切的地方，程毅中先生"作为在世的唯一当事人，愿意再作一番补正，为此书的流传保存一点信史"，特别于二〇〇七年撰写了一篇《〈杜陵诗史〉百年传奇的最后一页》，刊发在中央文史研究馆和上海文史研究馆合办的《世纪》杂志第五期上。由于程先生的信史（即本文前述文字），才把宋女士这篇到处流传的不实"传奇"，以"最后一页"并"加一个句号"而宣告结束。

二〇一三年，我拜读寓真先生所著长篇人物传记《张伯驹身世钩沉》，在第十四章"终于成了无产者"——"文物捐献，特定环境之反思"一节所生发的感言，心潮颇为所动："国家文博机关向民间征集文物，历来有之，诚为善举。然所征物品，务须持有自愿，视品级论价，给予合理报酬，唯有这样的做法，才可以树立起公众爱护文物的信念，养成社会文化氛围，增强国家文化博物事业之感召力量。如果凭借行政权势，强行夺取民间收藏，必会带来严重的消极后果，将造成对于收藏爱好者的精神伤害，也在社会上产生对于文物保护的逆反和畸形心态，甚至助长盗窃文物、破坏文物的违法犯罪行为。如何正确对待民间收藏，政府相关部门不可不慎重研究。"由此我想，江苏省高级人民法院，以苏州市图书馆善意取得为由，驳回了程家要求归还《杜陵诗史》的上诉。对此，程毅中先生无可奈何地说："判决是否公正，当然要由后人来评说。"这话令人痛心，也深痛不公。我想，程先生如将这桩旧案重新提起诉讼，《杜陵诗史》最后一页也许仍不会完结；宋女士所言"《杜陵诗史》已归苏州市图书馆，安然无恙了"，也不一定会"安然无恙"，假如程先生把这部宋版孤本《杜陵诗史》捐赠给母校北大图书馆也说不定。

宋女士文章所言《杜陵诗史》抵押给何澄（亚农）的出处，或许出自前述郑逸梅先生的那篇文章，但泼给何澄先生的那些耸人听闻的"污水"又是来自哪儿呢？百寻不得之下，仅就宋女士所说"何亚农……因其跟蒋介石、日本人、汪伪均有联系，因此于日本宣布投降之日，连夜只身出逃，后在北平病死"作些补正。和蒋介石、日本人、汪伪均有联系的难道都是汉奸？若以此逻辑来论一个历史人物，那么在汪伪政权和日本大使馆与海军报道部合办《女声》月刊当编辑的关露该是想当然的汉奸了？我想说的是，何澄先生不但与蒋介石、日本人、汪伪均有联系，同时还与美国人司徒雷登有关系。一九四一年二月二十一日，何澄先生曾陪同司徒雷登在岑德广上海岐山邨的家中与周佛海进行过一夕谈……在记录完周佛海与司徒雷登整整四页的谈话记录之言，何澄先生尚有一段精彩的分析总论："余就周所言情形，细细研究，则各方之心理不难而知，且中日之和战亦不难而知。日本之不一致，百事无成就也，不但好事作不了，即坏事亦不能彻底去作，唯有将来受他人支配——盖不受德支配，则西受苏支配，或受英美支配也。至周（按：周佛海）等已自知堕入九渊，和固非所心愿，倘日美发生战争，更觉寿命不保，最好不和不战，赞和平者总非真话也。真山记于上海。"

何澄先生在沦陷了的上海和苏州及北平，不但从事着重庆国民政府指派的秘密情报及和谈诸事，而且是一个铁骨铮铮的爱国诗人和抗战诗人。一九四二年十一月，上海报界闻人钱芥尘在白克路同春坊创办了著名的《大众》月刊。从创刊直至一九四五年七月休刊，共出版三十二期。在这三十二期《大众》月刊上，几乎期期都有何澄先生讽刺汪伪汉奸的诗作，有时甚至四五首。抗战军兴，同仇敌忾，用旧体诗词表达哀愤心情的，如"过江名士多于鲫"，但像何澄先生这样，在沦陷区，在汪伪汉奸集团鼻子底下，从抗战开始直至抗战胜利，一直写打油诗痛斥汉奸的，似不多见。何澄先生的这些抗战诗作，让我看到了一个大义凛然的独侠勇士，以诗为匕首，投向外敌和内奸，致其屠肠决肺而后快的不屈脊骨。何澄先生品评汉奸人物，嬉笑怒骂，多用祸害中华罪人的历史典故，亦有指名道姓的讽刺挖苦，如王克敏、岑德广、潘三省、吴世宝。甚至还把讽刺汪精卫投敌卖国的二十一首诗作，请微雕大师于硕镌刻在一块象牙方牌上，此物件现藏苏州博物馆。

何澄先生到北平的时间，也不是宋女士所说的日本宣布投降之日的一九四五年八月十五日，而是一九四五年七月初，此行的目的是经北平转往抗战时期国民政府的陪都重庆。宋女士说何澄先生"连夜只身出逃"，我与此很感纳闷：

那时宋女士还没有出生，怎么看见的何澄"只身出逃"？

为文不可道听途说，更该有一分证据说一分话的常识。宋女士的工作单位是华东师范大学图书馆，图书馆的研究人员作文著述，最该以史料说话；若是党支部书记，更应遵守学术道德和学术规范。这种纯属"传奇"的写法，实在令人难以理解，只得以"再传奇"予以补正。

二〇一六年四月十二日

穆旦"死于抗战疆场"?

为写考入西南联大，后毕业于清华大学物理系的何泽庆传，购买了社会科学文献出版社于二〇〇九年十月出版的《抗日战争与中国知识分子——西南联合大学的抗战轨迹》，著者为闻黎明。闻黎明先生编著过《闻一多年谱长编》(湖北人民出版社，一九九四年七月)，再著这样一本研究知识分子抗战的书，应该会有新的建树和新的成果。但令我非常不安的是，这样一本向中国社会科学院近代史研究所申请"西南联合大学研究"课题，且被推荐为中国社会科学院重点课题的书，我仅是随手翻了翻，就发现三处明显的错误：

一、第六章《学术参战》第二七五页，作者称吴大猷的《多原子分子结构及其振动光谱》(正确的书名应为《多原子分子的振动光谱及其结构》)，系一九四〇年出版，并想当然说，"出版后立刻受到国内外学术界的好评"。而据吴大猷回忆，这本书是一九三九年拿到上海排印的，一九四一年书印好，却又运不到昆明，直到一九四一年晚期，吴大猷给印厂列了一个单子，才将这本书给国外物理学"所谓的权威"寄赠了二十本

闻黎明著《抗日战争与中国知识分子》　　　　　　易彬著《穆旦年谱》

（见《中国物理学史》，广西教育出版社，二〇〇六年八月；吴大猷口述《早期中国物理发展之回忆》，上海科学技术出版社，二〇〇六年十月）。

二、第二七七页，"其后，吴大猷推荐的李政道、杨振宁，华罗庚推荐的孙本旺，曾昭抡推荐的王瑞騄、唐敖庆，便踏上了奔赴美国学习考察之路。"

这里出现了中国物理学史和留学史上常识性的错误：（一）吴大猷推荐的是李政道和朱光亚，并没有杨振宁。杨振宁在一九四五年便已考取清华奖学金留美。（二）遗失了"两弹一星功勋奖章"获得者、中科院院士朱光亚。（三）王瑞騵误为王瑞騄。此事的对错详见《吴大猷文录》（浙江文艺出版社，一九九九年五月），《李政道文选》（上海科技出版社，二〇〇八年一月），丘宏义《中国物理学之父——吴大猷》（新疆人民出版社，二〇〇四年三月）。

三、第七章《投身战场》第三三四页，更为令人诧异——把穆旦的卒年弄错了一个时代："和缪弘一样，穆旦也牺牲在抗战疆场上。"不知道作者的这个结论从何而来？真实的穆旦，死于一九七七年二月二十六日，离作者所写"死于抗战疆场"足足多在世三十多年。而且，穆旦的死是一桩文坛公案，留意"文革"史的很多人都知道穆旦的悲剧是由谁造成的。对于中国现代诗史上的这位天才诗人，作者犯了以举手之劳查查相关书籍就可避免的错误。如此轻率，以致让人对整部书的质量都产生了怀疑。

闻黎明先生的这本书除了上述问题外，还常常使用一些不恰当的意识形态方面的形容词，让人读起来很不是味道。但凡学术研究著作，应尽量避免过于文学化的褒贬，平实道来，这似乎已是学界的共识。需要说明的是，我之所以指出闻黎明先生这本著述中的问题，也是出于对现在某些学科带头人在著述上的不严谨的担忧，希望此事能引起大家的注意和警觉。

二〇一〇年六月十六日

误把"文学"当史书的一件旧事

一九九六年夏,我买了林玫、谢沐(泰国)状写张伯驹先生毁家纾难,收藏绝世名画,将其永存吾土的人物传记《大收藏家》(人民文学出版社,一九九四年四月),其中许多鲜为人知的详情和细节,正是想一睹为快的。很快看了以后,感到与先前读谢蔚明先生所著《岁月的风铃》(天津教育出版社,一九九三年十二月)中忆《张伯驹》文所谈《平复帖》收藏过程和所费银两有出入,后来又见《收藏》杂志刊登一则欲将《大收藏家》搬上银屏的消息,我更加认为,如果连张伯驹在其收藏生涯中的几件关键藏品及捐献文物之始末,都没有一个服众的说法和基本可信的实况,拍出如此一部收藏大家的影视作品,岂不有损传主的大雅? 于是对照谢先生的《张伯驹》,草成三篇小文,即《张伯驹与〈平复帖〉》《张伯驹捐献文物》和《张伯驹"玩票"》,分别刊发在《文汇读书周报》《太原晚报》和《文汇报》。其中《张伯驹与〈平复帖〉》一文,就两者所述张伯驹收藏《平复帖》始末的出入对列出来,以求知情予以一种确切的指教。教训也由刊发在一九九六年十一月九日《文汇读书周报》上的这篇文章生发。我在文中说：

> 谢蔚明先生在《张伯驹》一文中说：溥心畲因老母病故，需款料理后事，有意将《平复帖》脱手作丧葬费用。伯驹就请傅先生（傅增湘）做中间人，经协商以三万二千元将《平复帖》买下。如照《大收藏家》所述，此事不确，且有两处小误……据此书记，溥心畲在他老母病故前就已使了张伯驹的一万多块钱，加上张伯驹在溥母病故后赠溥家的一万块奠仪，再加溥心畲将《平复帖》交给张伯驹后，张伯驹将卖了一百多件古董的一万块现洋，和乡下送上来的一万多块的租银进项，连同拿出存用的两万块现洋，一并合作六万现洋回赠溥心畲才对。另外，谢蔚明先生所说的"中间人傅增湘"，恐为当时开字画店且与张伯驹交往甚密的祖籍为山东的傅湘。

拙文最后说："一部长篇人物传记与一篇忆旧文章本不可同日而语，但其中所涉及的重要事节和数字，无论如何也该是同文同轨的。遗憾的是，同工异曲的一书一文，在这几件重要的事上，却将读者带入一个不知该信哪一说的困惑。谁解其中味？我想，不但是我，亦是对张伯驹其人其事感兴趣的读者所企盼的。"遗憾的是，因篇幅所限，这一段话被编辑删掉了。

求真求实的疑问，很快得到回应。谢先生在一九九六年十二月七日《文汇读书周报》刊发了《张伯驹与〈平复帖〉补遗》一文。说：苏文据《大收藏家》为实，认为拙作有"两处小误",一是《平复帖》收藏过程不像拙作(那么)的简单,而是很曲折,售价不是三万二千元,是六万元;中间人不是傅增湘,"恐为当时开字画店且与张伯驹交往甚密的祖籍为山东的傅湘。"伯驹先生墓木已拱,我们不能起先生于地下问个明白,所幸的是在先生病故前与我通信中有文字说明收藏《平复帖》以及《游春图》过程,这应当是无可怀疑的信史,特抄录于下:

> 西晋陆机平复帖,余初见于湖北赈灾书画展览会中,晋代真迹保存至今,为惊叹者久之。帖为溥心畬所藏,卢沟桥事变前一年,余在上海,闻心畬所藏唐韩滉照夜白图为沪估叶某买去,时宋哲元主政北平,余急函宋,声述此图文献价值之重要,请其查询,勿任出境,彼接复函已为叶某携走,后叶转售于英国。余恐平复帖再为沪估盗卖,倩阅古斋韩博文往商于心畬,勿再使平复帖流出国外,愿让余可收,需钱亦可抵押。韩回复云,心畬现不需款,如让,价需二十万元。余时无此力,只不过早备一案,不致使沪估先登耳。次年卢沟桥事变起,余以休夏来平,路断未回沪,年终去天津,除夕前二日回平度岁,车上遇傅沅叔先生,谈及心畬母丧,需款甚急,时银行提款复有限制,乃由沅老居间,以三万三千元(拙作"三万二千元"是笔误或手民之误所致)于除夕前收归余有。后有掮客白坚甫谓余如愿出让日人,可得价三十万元。余以为保护中国文物非为牟利拒之。北平沦陷,余蛰居四载,后随室人潘素

入秦,帖藏衣被中,虽经乱离跋涉,未尝去身。

谢先生最后说:"伯驹先生以'鸟羽体'书法著称于世,晚年执笔因白内障眼疾和手颤,显得力不从心;但从此信中毕竟能读到先生以简洁文字、惊人记忆写出的从三十年代初发现《平复帖》和完成收藏的曲折经历。这确是了不起的壮举;最后捐献给国家的赤子之心,更令人敬佩。"

此文一出,孰是孰非,一目了然。然而,讨论并没有结束。

一九九七年一月四日,郑重先生在《文汇读书周报》刊文《也说〈平复帖〉》:"读十二月七日《文汇读书周报》刊载的谢蔚明先生大作《张伯驹〈平复帖〉补遗》,始知苏华先生亦有大作《张伯驹与〈平复帖〉》,从行文上看,苏氏读了《大收藏家》,并与谢氏的《张伯驹》作了比较对照,认为谢文不如《大收藏家》'详实'。于是谢氏亦不甘示弱,再行文反诘之,并声明当初曾'遵编辑之命删掉不少细节',可能是心中还感到不扎实,又抄录了张伯驹的信札,以证事实就是如此。"

郑先生接下来讲述了他与张伯驹、潘素二位先生相识及之后的故事。其中最主要的是张伯驹把《春游琐谈》中的篇章借给他看:

伯驹先生以丛碧为号作《陆士衡平复帖》,记述此帖流传之序及自家收藏经过。此文即收入《春游琐谈》中。张氏致谢氏之信札即源于此文而有略。一九八二年,伯驹先生归道山。之后,一九八四年,中州古籍出版社将此书付梓出版,由于省吾先

林玟、谢沐（泰国）著《大收藏家》

张伯驹著《春游琐谈》

生题签，《游春图》作封面，甚为典雅。一九九五年，我在北京购得林玫、谢沐（泰国）著《大收藏家》，拜读一过，情不自禁地想道：不知他们读过《春游琐谈》否？如读过，会有如此落笔？全书二十七万字，故事基本上是围绕"平复""伯远"二帖展开的。细思之，当今的传记和文学结缘，如同小说的结构与铺陈，的确是一部"详细之作"，其中有许多旦影画面，读之令人兴味盎然。可"详细"和"详实"毕竟还有些距离，但作为传记文学来讲，不可强求字字真实。

蔚明先生自称"没有读过《大收藏家》"。在下以为如果蔚明先生读过《大收藏家》，也会把它当作传记文学来看的，他的那篇《张伯驹》即使不被删去，其中的"细节"也细不过这种传记文学，更不会再发表这样的"补遗"正身的文字，还把伯驹先生的信抄录一遍，手应该是够累的了。《大收藏家》自有它的可取之处，它的功用很明显；《张作驹》也有自身的价值，带着自身经历的亲切。井水不犯河水，本来就没有什么可争论的。可是苏华先生偏偏要把两者作个比较，比较的结果是《大收藏家》为"详实之作"。同样，如果苏先生也读过伯驹先生的《陆士衡平复帖》，还会写那篇引起争端的文章吗？我不敢说围绕这个问题的"三方"都没读过张文，不过要对这件事情正本清源，水落石出，还是再次发表伯驹先生的《陆士衡平复帖》为好，只有它才是最有价值的。

郑先生文末还说:"多读书,免争论。不是不要争论,而是可以避免不必要的争论。"

　　《文汇读书周报》《书人茶话》版的编者在刊发此文时有"附言",写得十分公允:"本版付印前,编者就近询问了蔚明先生,得知他手头有《春游琐谈》,但觉得伯驹先生亲笔函比印刷品更具说服力,所以才大段抄录来信。至于苏华先生与《大收藏家》作者有无此书,暂时还不得而知。不过话说回来,编者确实不曾见过此书。郑重先生所说'读书少或不读书之故',总觉有点言重。我想,苏华先生,那两位传记作者,加上编者本人,如能见到《春游琐谈》,是一定会买来读的。非不读也,实在是无福读到。这又牵涉到书籍的发行渠道的问题了。希望中州古籍出版社能将此书再版,也希望普天下想读此书的人都能很容易地买到它。"

　　谢蔚明先生的文章一出,我即知道是我对比错了;郑重先生的文章一出,我又知道了世间还有一本张伯驹的书,书名叫《春游琐谈》。事情过两年,辽宁教育出版社重新编辑了张伯驹的六种著述,合集为《春游纪梦》出版(一九九八年三月),我买了,也看了。对《北京清末以后之书画收藏家》《陆士衡平复帖》《隋展子虔游春图》《杜牧之赠张好好诗卷》《宋蔡忠惠君谟自书诗册》《宋徽宗雪江归棹卷》等几篇大文及"丛碧书画录",看得分外仔细,从中真正领略了张伯驹在书画鉴赏方面的清逸品格。这本书连同张伯驹的其他著作及郑重先生所著《收藏大家》,后来我一并送给了写《张伯驹身世钩沉》的寓真先生。

　　一九九九年夏,我在北京三联书店偶然看到何频先生所著《羞人的藏书票》（大象出版社，一九九九年一月），内中收有一篇《再弹一曲张伯驹的老调》，翻看之后，方知是为素不相识的我打抱不平的。

何频说：

一九九七年东风第一枝，那一月四日的《文汇读书周报》上，郑先生发表《也说〈平复帖〉》，一出手便对苏华和谢蔚明二位各打五十大板，讥讽他们"读书少或不读书"，并且正经八百地介绍了张伯驹编著的那本文史随笔，一九八四年中州古籍出版社出版的《春游琐谈》一书。都快春节了，我终于通过该出版社的张艳萍女士，从档案室借出了仅存的《春游琐谈》。欣喜浏览一遍，觉得果然是一册闲书和雅书。但细加玩味，却发现其中竟也有破绽。就说那《平复帖》成交的价格吧——

张伯驹的《陆士衡平复帖》云：至夏，而卢沟桥事变起矣。余以休夏来京，路断未回沪。年终去天津。腊月二十七日回京度岁。车上遇傅沅叔先生，谈及心畬遭母丧，需款正急，而银行提款复有限制。余谓以《平复帖》作押可借予万元。次日，沅老语余，现只要价四万，不如径买为简断。乃于年前先付两万元，余分两个月付竣。帖由沅老持归，跋后送余。时白坚甫闻之，亦欲得此帖转售日人，则二十万价殊为易事。而帖已到余手。

可他致谢蔚明的信札却说：

车上遇傅沅叔先生……乃由沅老居间，以三万
三千元(拙作"三万二千元"是笔误或手民之误所致——此为
谢蔚明语)于除夕前收归余有。后有捎客白坚甫谓余
如愿出让日人，可得价三十万元，余以为保护中国
文物非为牟利拒之。

这价格显然便有四万、三万三千和三万二千之三种说
法，尽管张又明确否定了三万二千元之一说。仅此一例，便
不是郑重先生所断："张氏致谢氏之信札即源于此文(《陆士衡
平复帖》)而有略。"

何频挑出张伯驹文章里亦有记忆失误处，使我对状写历
史人物，愈发胆战心惊。因为即使是当事人的回忆也并不可
靠，不定会在哪个环节上误记误说。
这是因为一篇文章而得到的一个教训。

二〇一五年十二月二日

趣味读书

人间妙墨须传遍

终风且霾时节，到了一趟北京。路上，眼睛不大敢睁，进了常去的一家民营学术书店，还觉酸酸的。揉揉眼，一本看不清什么书名但"弗堂砖墨第一"的那幅《仿唐砖供养人图》却突然跳入了眼帘——这不是我十多年前选作藏书票的那张姚茫父所画的彩笺吗？拿起一看，果真没错：这本《周作人俞平伯往来通信集》(上海译文出版社，二〇一三年一月)真养眼，连元人陈基"书带晓分云影绿，墨花新发露香浓"的那种雾荫谷般的梦生活都带过来了。于是，不假思索地就把书脊用红蓝两色特种纸包裹印制成的两本《周作人俞平伯往来通信集》都抱了起来，又买了一心要买的《李四光书信简集》及《陈垣来往书信集(增订本)》《朱希祖书信集》，满意而返。

"弗堂"是民国有气节的一代通人姚华(号茫父，贵州贵筑人)的室号，养我眼的这张书面画，是姚茫父在其所作《仿唐砖供养人图》的基础上署了汉隶篆分"砖墨馆藏唐画壁砖"又一室号的彩笺，《周作人俞平伯往来通信集》书面画所用的这张彩笺是周作人于一九二八年十一月二十三日写给俞平伯的墨札（内文第九十一页，一九二八年十一月二十五日，周作人写给俞平伯的书札，所用亦是姚茫父所作仿唐砖人物彩笺）。这张彩笺的出现有着一连串民国文人的往事可忆，到现在，已算是咏史之叹了。

一九一七年，河南一古冢被人掘出五块墓壁画像砖及一个捧盘人石刻，很快流入北京。时任北京政府财政部次长兼盐务署署长张弧买了三块，姚茫父购得两块，国会众议院副议长陈国祥则买下了那个捧盘人石刻。当时的京城文化圈，对张弧所购之物没见有什么意见发表出来，但对姚茫父用四五百元所购的这两块画像砖却大呼不值，并以陈国祥所购石刻是魏武墓中的"香姜瓦"来打趣姚茫父走眼（香姜，据说出自太原龙山北齐高欢避暑离宫冰台阁井，好的铜雀砚，后来多以北齐高欢时的"香姜瓦"比之）。按说姚茫父所购画像砖并没有超出"百金购一石，千金购一瓦"的行价，但因这二砖下角皆损，字，见者都不识，画，也甚粗率，于是好友陈师曾和胡嗣瑗等人便直叹浪费浪费！姚茫父却不为所动。他是行家也是藏家，当然深知"古砖妙墨从来贵"，可书画一体兼之的古砖却少之又少。他说："金石与书画分门著录，此砖兼画，遂开著录之例，使金石书画同科。"说完，就把这两块纵约一尺，横正也是一尺的画像砖浸入水中。没多久，"田"字形的唐代仕女面部轮廓渐渐清晰，墨书题字也隐然可识。接下来，他又把画像砖上的唐代供养仕女临摹在纸上，感到甚美；而墨书，"用笔正锋直下如金刚杵，非晚近人所能梦见者已"。看着临摹下的唐代仕女，他忽觉唐人所画的仕女面部轮廓与后人的画法是不一样的，最显著的是下颊转折迳作钩乙，于是细考六朝造像及汉画石刻，感到相差不多，笔迹固属粗率而轨迹可寻,始而明白面部轮廓于古今写人之变迁相关甚大,由此概括出:汉画人面常作"斧"字形,即上狭下宽;六朝人面有所变化,如"同"字形;到了唐朝则变化较小,有如"田"字形;宋元时又有渐变,面下少锐,呈"凫卵形";明代,或变为拱壁状,如唐寅一派,或变小如"豆"形,如仇英一派;及至清代,更变为改琦、费丹旭诸家的如"鸡卵"形,而"斧"面形的人物画,陈洪绶曾取之,"同"字形人物画,张士保曾取之,钩乙和"田"字形的人物画几近绝迹;入民国,一以"鸡卵"形为之。理出中国画史仕女面部的变化,姚茫父叹息道:"古法之不可不考,即一艺之细,一部之微,而其得失如此,因于此刻发之,以资夫世之论画者。"

"田"字形的唐仕女像有什么好看呢?这一年,姚茫父画了一张《仿唐砖供养人诗意图》,一张《仿唐砖供养人图》。仕女面部丰腴,亦贵亦庄,脸蛋两朵桃花红般的粉妆分外夺目,真古,真雅,也真拙。陈师曾等一般好友看到这两张仿唐砖供养人图后纷纷品题。陈师曾诗云:"蛾眉奇绝内家妆,粉墨凋零想宋唐。好古别开金石例,弗堂双甓费评量。"同乡、同年胡嗣瑗亦题二首,其一曰:"汴雒流传古物多,零金断石尽收罗。前人珍数香姜瓦,可抵双砖画不磨。"其二为:"丰容盛鬋内家妆,对影渠侬态万方。周昉画肥谁识取,试摹残甓想中唐。"一片赞扬声中,说姚茫父破画像砖买贵了的议论有所停歇,但又有友人责问他,这仿唐砖人物画能有什么用呢?姚茫父气恼了,说,这是"无用之用!"为坚持自珍和对唐代仕女原貌复原的基本判断,他把所收的这两块唐画砖题之曰:"砖墨,"并把自己的斋名又起了一个,叫"砖墨馆"。这还不够狠,还在所作《仿唐砖供养人图》上的仕女裙摆下方,

《周作人俞平伯往来通信集》

题写了"弗堂砖墨第一"六个字。

两年之后，即一九一九年，姚茫父作《题画砖》诗，把收得唐画像砖及其后终开摹古新画风的这段故实，追记于《仿唐砖供养人图》的左端：

> 古砖妙墨从来贵，一体兼之益见奇。
> 自喜荒斋擅双美，从今著录费千思。
> 文章合传原偕谊，题目正名骈与枝。
> 更速冰川书秀句，纵然残破亦丰姿。

没多久，姚茫父于《仿唐砖供养人图》上再次题诗，主旨仍是说这两块画像砖上保留下的唐画笔墨最为珍贵。《再题画砖》后四句是："千年论画惜无史，双甓及时尚此模。不信唐贤成上古，薄才苦索费功夫。"在"不信唐贤成上古"句后，他说："尝谓求缣素于隋唐，便如金石之于三代，宋元则秦汉矣。若非砖甓，岂能留遗以存笔墨乎哉！此所以可宝也。"一派如欲恢复唐画人物风，舍此画像砖，舍我其谁的自信。

再一年，姚茫父心情大好，因为他摹仿唐砖人物画所开的一派新画风和独创的颖拓砖墨已得到京师文人圈的广泛承认。一九二一年秋季，后成为"二战"之后法国汉学界的带头人、法兰西学院院士戴密微前来姚茫父的居所莲花庵拜访。初到中国治汉学的戴密微这时已能读阮元所编的《学海堂经解》（即《皇清经解》），观看了姚茫父的唐画砖摹本，请教了一番，把唐画砖摹了一本离去后，姚茫父即作《三题画砖》："欣赏十洲不厌同，重洋千载见唐风。人间墨妙须传遍，许趁秋光属画工。"由他摹写的唐人画终于让洋人见到了什么是大唐的真正画风,喜不自胜的同时姚茫父又考虑,如何才能使这"人间墨妙须传遍"? 约在一九二三、二四年前后,他把《仿唐砖供养人图》绘制成彩笺,交给承销他画作的琉璃厂淳菁阁南纸店用木版水印法制作。淳菁阁的店东叫张恬,是好友陈师曾的门人,善画花卉,而木板刻工则是技能为一时之最的张启和。也许是水印的妙法,彩笺比早先的那幅仕女图更柔媚,更红艳,更水。所以这张唐仕女彩笺一出,即以姿容丰艳,面部两团红粉、一点红唇,胸如雪,脸如花,"红裙妒杀石榴花"的百美竞呈,大受文人雅士的喜爱。连周作人都使用,足证雅玩妙品和彩笺绝版之誉绝不是虚名。姚茫父逝后,鲁迅、郑振铎编《北京笺谱》时收入姚茫父的唐画砖笺并对其盛赞之事之语,则把姚茫父的彩笺推向大盛,已是文人墨客皆知的事了。

我最早见到的姚茫父《仿唐砖供养人图》彩笺,是他于一九二五年九月在彩笺左右两端题写的与终生好友陈叔通、周大烈(湖南湘潭人,字印昆)到其京西"别业"的唱和诗。和陈叔通的是《叔通以和印昆过余西庄诗见示次韵奉答》:

经略昔曾问草庐,元吴澄著书日草庐经略
老来才觉此谋疏。
空言枉用千金骨,小隐犹堪五亩蔬。
为圃教儿知有学,忘山是事览无馀。
贱贫自古儒冠分,寂寞杨云少谤书。

诗中的元人吴澄,曾多次被荐为官,但上任不久即辞去,甘居草庐读书,被后人称为草庐先生;"杨云"系姚茫父的自谓;"谤书",指攻击别人或揭发别人隐私的文书。姚茫父以吴澄甘居草庐读书事典,言明自己宁可穷死也不为军阀执政府做事的心志。

和周大烈的是《九月八日印昆过京西别业》:

> 故人清兴发,来作草堂游。
> 野藾能为黍,寒花亦有秋。
> 无妨多难日,得放两眉头。
> 始觉姚山好,平原此一丘。
> 山在庄西数武,土人曰窑圪疸,因以姚山易之

一九二五年九月八日,是姚茫父五十岁生日。刚刚半百,却已将身后事托付给好友周大烈,似已有不祥之感。不幸,一九二六年五月,姚茫父就患脑溢血症住进了北京德国医院,虽经曾给孙中山先生医病的德国医学博士克礼大夫精心医治,生命得以延续,但左半身偏瘫,左臂残废。一九三〇年,姚茫父在北平逝世。

还记得早年没买北京图书馆出版社出版的《周作人俞平伯往来书札影真》的事。书面设计居中的是一个中国古籍书名似的签条,左右影印了"作人""平伯"两位作者的手书签名。因为没在书面见到姚茫父的彩笺,再加自己又不是研究周作人的专家,最主要的是书价贵得太离谱了——一九九九年,两千元啊——别说买了,甚至吓得连打开看看之胆子都不知跑到哪里去了。现在捧在手上的这本《周作人俞平伯往来通信集》,看得出来,确是真心做给普通读者看的。这不只

体现在书价的合情合理上，还有随页所注的五百多个注释及附录的《人名索引》，等等，而选取周作人用姚茫父唐砖仕女彩笺所写书札为书面画，是其最出彩的设计。只有些许可惜，把俞平伯的一通彩笺书札放在了封底。我想，既然是两人的通信集，一面一背，似乎有厚此薄彼之嫌。相比之下，就不如《周作人俞平伯往来书札影真》的书面设计者在这方面考虑得周到。还有，书面那幅姚茫父的唐美人彩笺，太靠近书脊，从视觉效果上看，因唐美人面部左向，让人联想"面壁思过"也不是没有可能；若从中国画的留白传统着眼，这张唐美人的彩笺如果放在书面右手的话，就更可见既巧又美的手笔了。

我们现在恐已无人再能画出姚茫父时代的那些唐人彩笺了，但他当年得唐画像砖后的心得："古法之不可不考，即一艺之细，一部之微，而其得失如此，因于此刻发之。"则是人人可效仿的。

二〇一三年三月十七日

书衣的"画例"时代

　　《书衣百影——中国现代书籍装帧选》(三联书店,一九九九年十二月)、《书衣百影——中国现代书籍装帧选〈续编〉》(三联书店,二○○一年七月)系姜德明先生依一己所藏,新近出版的一种闪烁着中国现代书籍装帧审美变迁和风格程式之光的精美之书。这些精选的书衣,让许多爱好书籍封面及其设计思想、风格传承的读者、作者,得以管窥和反复摩挲其中的艺术之美;这些书衣的旧时光,又让许多爱跑旧书摊、寻觅现代文学版本踪迹的人,多了几声念旧的喟然感叹。

　　二十世纪二三十年代以书籍装帧成名的有三大家,即丰子恺、陶元庆和钱君匋。丰子恺的书面,用色很少,笔墨单纯,简易朴实,挥洒自如,以漫画制作书面堪称首创。这种把日常生活感兴用漫画描写出来的书面设计,体现了丰子恺对民族历史、文化、习俗等各方面的综合理解。"乍看先生的作品貌似不惊人,但和吃青果一样,越到后来越感其味之隽永,这恐怕和先生人品和文化修养之深是分不开的。"(华君武《丰子恺·代序》,二页,学林出版社,一九八七年十月)

另一位书籍装帧大家陶元庆,因为英年早逝,又因他不肯轻易为人作书面画设计,所以存世的作品很少。陶元庆因其为鲁迅先生的《唐宋传奇集》《彷徨》《朝花夕拾》《坟》《苦闷的象征》等编、著、译设计的封面画,深得鲁迅称许,这是熟悉鲁迅先生的读者有所知的。如一九二五年三月十六日,鲁迅先生写的那篇《〈陶元庆氏西洋绘画展览会目录〉序》,就对陶元庆的作品给予极高的赞评:"在那黯然埋藏着的作品中,却满显出作者个人的主观和情绪,尤可以看见他对于笔触、色彩和趣味,是怎样的尽力与经心,而且,作者是凤擅中国画的,于是固有的东方情调,又自然而然地从作品中渗出,融成特别的丰神了,然而又并不由于故意的。"(《鲁迅全集》第七卷,二六二页)鲁迅对陶元庆的赏识确实没有走眼。一九二六年四月,陶元庆将自己的绘画《大红袍》,作为许钦文短篇小说集《故乡》的封面画后,即一路飙红至今。

有才情的艺术家,在其创作的佳作问世后,往往伴随着一些有趣的事。陶元庆也不例外。画《大红袍》之前,据说他受到的启发竟是看了一场京戏的结果:当年,他在北京所住的绍兴会馆离天桥的小戏园子很近。有一天,他去看了一场京戏。回来后,蓝衫、红袍、高底靴的古戏装和他家乡绍兴戏《女吊》的画面便不断在眼前重叠着,令他彻夜难眠。第二天,他就画出了手执利剑、身着一袭红袍、半仰着脸的"女吊"《大红袍》。

鲁迅非常喜爱披在《故乡》书衣上的这帧《大红袍》,曾对许钦文说:"璇卿(陶元庆)的那幅《大红袍》,我已亲眼看见过了,有力量;对照强烈,仍然调和,鲜明。握剑的姿态很醒目!"(许钦文《鲁迅和陶元庆》,《〈鲁迅日记〉中的我》,浙江人民出版社,

陶元庆为鲁迅《朝花夕拾》
《苦闷的象征》设计的封面画

陶元庆用在许钦文小说集《故乡》封面上的画作《大红袍》

《立达学园美术院西画系
第二届绘画展览会陶元庆出品》

一九五七年九月）一九二六年十一月十五日，鲁迅在给许广平的信中还曾预言："陶元庆画的封面很别致，似乎自成一派，将来仿效的人恐怕要多起来。"（《鲁迅全集》第十一卷，二〇八页）果然，三十年代由上海生活书店出版的宋之的五幕话剧《武则天》，天津书局出版的张次溪所编有关赛金花的诗文集《灵飞集》，也有着类似的封面设计，看后同样具有发人遐想的艺术魅力。一九二八年五月，陶元庆所著《立达学园美术院西画系第二届绘画展览会陶元庆出品》由北新书局出版。

令人痛惜的是，一九二九年，陶元庆在杭州患了伤寒症，因医治不当而过早地离开了人间。"薤上露，何易晞。露晞明朝更复落，人死一去何时归。"一九三一年八月十四日夜，鲁迅便是怀着这样一种无限伤逝的心情，在陶元庆画集的空白页上，写下了《题〈陶元庆的出品〉》："此璇卿当时手订见赠之本也。倏忽已逾三载，而作者亦久永眠于湖滨。草露易晞，留此为念。呜呼！"（《鲁迅全集》第八卷，三一一页）

鲁迅为何如此偏爱并深切怀念着陶元庆？从钱君匋在其哀悼亡友的《陶元庆论》一文中，大概可以看出，陶元庆对鲁迅作品的艺术包装，是一种灵魂式的叩拜与互联："鲁迅先生《苦闷的象征》的书面，画中为一个裸女用温柔的舌，舔那染了鲜血的三刺戟。恐怖的情景，郁悒的线条，'藏着无底的悲哀'。我们看了，毛管自然会竖起来；《彷徨》，是橘红底暗蓝纹的一幅画。画中三个人向着太阳，曾经有人说画得不圆，他也曾因此而苦笑过。这画的全体情绪非常紧张，因之，彷徨的意义表现得'恰到好处'；《坟》，底色的外形非常特殊，棺椁与坟的排列及古木的地位，都是最好的设计，不能移动一点。全幅画的色的情调，颇含死的气息。"（《钱君匋散

文》,一〇八页,花城出版社,一九九九年四月)

　　继陶元庆之后,钱君匋成为第二个被鲁迅寄予厚望的书籍装帧艺术家。钱君匋书籍装帧艺术的发端,完全是受了陶元庆的影响和推荐。据钱君匋回忆:"记得鲁迅的《彷徨》,其设计是元庆从早在艺师(上海私立艺术师范学校)时绘制成的作品中抽出来的, 它的创作过程我完全见到。元庆的书籍装帧,设计非常谨严,他不是多产作家。当《彷徨》等书出版后,和元庆有些关系的作家都想请他设计书衣, 元庆一一谢绝了,碰到谢绝不掉的,他和作者婉商是否交我来设计,这样的推荐不止一次,于是我也经常为人设计些书衣,待我进了开明后,开明所出的书,其书籍装帧完全由我负责,直到七年之后离开开明为止。"(《陶元庆和我》,《古旧书讯》,一九八九年第六期)而钱君匋之所以有"钱封面"及蜚声艺坛的"画例"时代的开启,缘于当时主编《新女性》杂志、创办开明书店的章锡琛的提携。在一九二六年八月,章锡琛写给钱君匋一封信,问他是否愿意"帮帮他的忙",进开明书店当一个音乐和美术编辑?钱君匋自然乐意。进了开明书店,他的第一批活儿,就是为《新女性》杂志重新进行封面设计。当钱君匋拿出《新女性》杂志一季一换的四张封面设计墨稿给章锡琛看时,章锡琛高兴得无冬无夏:"好的,好的,清新、素丽、淡雅,太好了,太好了,我很高兴……"(吴光华《钱君匋传》,六十三页,北京美术摄影出版社,二〇〇一年六月)

　　钱君匋所作《新女性》的封面设计,在当时的书业引起很大的震动。各大杂志纷纷酝酿着"改头换面"。据钱君匋回忆, 首先找上门来要求他为刊物重新设计封面的是商务印书馆的五大杂志,即周予同主编的《教育杂志》,郑振铎主编

钱君匋

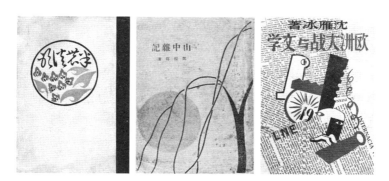

钱君匋为刘半农《半农谈影》 郑振铎《山中杂记》 茅盾《欧洲大战与
文学》设计的封面画

的《小说月报》,钱智修主编的《东方杂志》,叶绍钧主编的《妇女杂志》和杨贤江主编的《学生杂志》。

钱君匋早期的书衣设计大多来自于开明书店自己的出品。不仅求其形式上的美观,而且能够表达书的内容意义,以及象征。既讲求章法的多端变化,也强调布局平衡统一。作为以高度的概括手法,把书的内容化为形象的佳作是《山中杂记》(郑振铎著)。这个书衣,"以两株柳树横贯书面和书底,伸着长长的枝干,中间升起淡黄色的月光,烘托出一幅大自然的景象。"(《钱君匋装帧艺术》,二十二页,香港商务印书馆,一九九二年四月)运用色彩方面的简洁典雅之作,则以《两条血痕》(周作人译日本短篇小说集)为代表。这个书衣,钱君匋用"红、绿、灰三色,印在浅灰中带绿色的书面纸上,其构思是属于装饰性的,并不刻意具体地表达书的内容,图中所用直线并不生硬,衬着红花和大块面的绿叶,绿叶上伏着两个稍呈深灰色的蜗牛。设计者的署名也用红色,都是象征手法,使这本书显得简洁美观。"(同上,二十九页)以中外文字作素材,组成纹样,且多样变化,创出了新意的作品则有《近世社会思想史》(夏衍译著)《摘花》(钱君匋编歌曲集)和巴金、石曾翻译的《薇娜》。《近世社会思想史》"书面上的图案字,最后一笔都作向上收笔,字与字之间互相黏合"(同上,三十三页),是钱君匋在书衣上的创新;《薇娜》则完全用世界语文字为纹样,书名用红底白字的形式,围成圆形嵌在黑色外文之间;《摘花》的书名又是另一类型的图案字,"取柔顺、飘逸之意,从而配合了这本抒情歌曲集的主题"。而造型加工方面成功的案例则是《尘影》(黎锦明的中篇小说集)和《茂娜凡娜》(徐蔚南翻译的比利时剧作家梅特林克的剧作)。《尘影》的书面"有旭日普照在海洋之上,海面泛着一叶小帆船,轻波荡漾,交融在黄色的调子中,气氛豁然开朗。其中的太阳、船只和水波都经刻意简化、图案化,活像一幅大写意画"(同上,三十六页);《茂娜凡娜》书面无字,封面封底则是三片大的花叶纹样,上面用四朵小的蒲公英纹样进行点缀,以收聚散的效果,书名是写在书脊上的,书脊上端另外又点缀了一朵小蒲公英纹样,下端则是支撑左右对称重复手法的一条长长的花叶的直立茎干。如此出新的手法,确立了钱君匋书面设计的成熟和不拘一法的盛名。

一个"画例"时代便由这番成绩开始了。

由于要求钱君匋作书籍装帧的作家、杂志社、书店愈来愈多,已至钱君匋到了应接不暇的地步。一九二八年九月,胡愈之、陈望道、丰子恺、夏丏尊、陈抱一、章锡琛、叶圣陶、王礼锡等八人特为其发起并同订了一份《钱君匋装帧画例》,而画例《缘起》的执笔者正是他的老师、当时已经大名鼎鼎的丰子恺。在过去的书画治印名家中,订润例的,不乏其人,但在近现代中国书籍装帧史上,唯有钱君匋享受过这种待遇。《钱君匋装帧画例》除了印成单页分发外,还在当年的《新女性》月刊第三卷第十号上公告于所有想请"钱封面"披上漂亮的书衣者。有意思的当然是订立装帧画例及附告这件事:如"封面画每幅十五元。扉画每幅八元。题花每题三元。全书装帧另议。广告画及其他装饰画另议。"另有附告则说:

一、非关文化之书籍不画;

二、指定题材者不画;

三、润例不先惠者不画。

"画例"时代开始后,钱君匋先后为鲁迅的《十月》《艺术论》《死魂灵》《死魂灵百图》,周作人的散文集《谈龙集》,叶圣陶的长篇小说《倪焕之》,巴金的《家》《春》《秋》《死去的太阳》《新生》,《曹禺戏剧集》等现代文学史上的名著,设计出了相得益彰的书衣。

据钱君匋回忆,当时著名的作家,除上述之外,尚有郭沫若、陈望道、丁玲、胡也频、庐隐、冰心、戴望舒、叶灵凤等在其著作出版时,也无不希望"钱封面"能为他们披上一袭珍贵的书衣。无奇不有的是,还有些书店在向作家约稿时,甚至把让作家自己请"钱封面"设计装帧,也当作一项重要条款。由此可见,"钱封面"当时是如何的抢手。在钱君匋设计的数千种书衣中,有几种他自己也是十分自得的。如,《达夫全集》。三十年代初期,郁达夫亲自到开明书店找他,要他为其在开明书店出版的五卷本《达夫全集》进行设计。当时,他看了这个书名,觉得与众不同。心想:人还健在,还要继续奋笔写下去,怎么能用"全集"这个书名呢?于是就向郁达夫提出这个问题。郁达夫慢吞吞地回道:别人在活着的时候,不愿意自己来编全集,因为他还要写下去,作品还要不断增加。我认为自编全集有好处,可以看看我到现在为止,写过了多少东西,排个队编在一起,前后秩序自己有数,看得出写作的历程,有什么不好呢?钱君匋听了这番话,也就默然了。开始着手设计《达夫全集》时,他特别采用了木砂纸作画纸,用木炭条在上面作了四方连续的图案,纹样是从一枝小草变化而出的。之所以用这种创意,是因为用木砂纸作画,其线条粗犷而有飞白,效果特别令人满意。封面、封底都用这组纹样,书面上不标书名,只在书脊上一一标明。书脊用栗黄为底色,上盖黑色纹样,近书脊处前后两边,用暗紫色作带状。由于着意书脊的装饰,当五本书并列在一起时,看去颇为淡雅质朴。郁达夫见到这个书籍装帧设计后,不但大为折服,还特地给钱君匋送来一些蛋糕之类的美食,作为慰劳,并为钱君匋写了一首七绝文人墨宝(《钱君匋散文·忆郁达夫先生》,七十九~八○页)。

钱君匋说他替茅盾的《雪人》装帧时,当时是运用了新的技巧,并且还想有点诗意。这种新技巧也就是我们现在常说常用的变形,即只着眼于"雪"这一事物,把雪放大了,是一种六角的雪花。如果如实把它描写下来作为设计的素材,当然未始不可,但钱君匋觉得太写实了,和科学的图解没有什么区别。因此,他利用写意的手法,把雪花变化成似与不似的样子,再配上日光反射的色彩,结果就形成了一个新颖的图案。茅盾觉得这个设计颇有匠心,并美美地夸奖了钱君匋一番。

一九二七年,茅盾完成了《蚀》的三部曲——《幻灭》《动摇》《追求》,托商务印书馆的好友徐调孚找钱君匋设计书衣。钱君匋根据书的内容,将《动摇》的书面设计成:在朱红的底色上,画着一个青年女子的正面脸庞,有一只蜘蛛从一条丝上挂下来,正好在脸庞正中,右半边一片空白,左半边是半个女子低垂的脸,表现了书中的主人公既政于冲击黑暗的罗网,但又对前途茫然的心情。茅盾看了以后,请徐调孚代他感谢钱君匋。后来茅盾许多著名的作品,如《虹》《子夜》等,都是请钱君匋进行装帧设计的。

钱君匋为茅盾《雪人》　巴金《新生》设计的封面画

钱君匋为茅盾的《动摇》设计的封面画

巴金不但是钱君匋的朋友,同时也是欣赏钱君匋书衣设计的一个大家。钱君匋对此也很自得。谈到为巴金的中篇小说《新生》所做的装帧设计时说:书面的下端用黑色画了三级石头台阶,一枝小草从石头缝里顽强地生长出来,用小草象征新生,把石头台阶比作黑暗的势力。技法不用由浓到淡的照相式层次,而以无数细点来表现疏密浓淡。设色简洁,只有红、黑两种,红色作书名,象征血,黑色象征铁,铁与血交融,暗示敢于向旧世界挑战的英勇气概,留给读者一种宽广的联想。巴金看到了非常高兴,对钱君匋说:"这样的装帧同作品的内容很协调,表达得恰到好处。"(《钱君匋散文》,二三五页)此后,巴金的《家》《春》《秋》书衣,也由钱君匋为之进行。

我品味,和谐、纯朴的色彩,单纯、明快的音乐笔调,特有的民族性,再加一手漂亮的美术字,是钱君匋在书籍装帧设计上获得的大成功。

当年,丰子恺以画杨柳燕子著名,人称"丰柳燕",张大壮以擅画牡丹而闻名,遂有"张牡丹"之称;钱君匋以设计书衣火爆读书和出版界,结果被同仁称为"钱封面";陶元庆虽然早逝,但他的一纸《大红袍》,却也可以视为"陶红袍"的写真。那真是一个让人怀念不已的"画例"时代。可以说,五四运动以后,经过鲁迅的大力倡导,包括丰子恺、陶元庆、钱君匋在内的一批书籍装帧先驱者的探索和实践,由陈之佛、司徒乔、王世青、孙福熙、曹辛之、张光宇、廖冰兄、余所亚、丁聪等各具风格特色的出色表现,中国的现代书籍装帧设计已经形成了一种单纯、洗练、朴实无华和静雅达观的艺术风格。令人感叹的是,从二十世纪五十年代、七十年代末期至今，具有这种艺术风格的书衣作品，读者见到的愈来愈少了，当然也不是完全没有。如，八十年代初，三联书店所出的"读书文丛"，人民文学出版社出版的巴金的《随想录》；山东画报出版社出版的孙犁的《芸斋书简》《书衣文录》，辽宁教育出版社出版的吴兴文的《藏书票世界》，都是这种形式、这种风格的传承。

　　钱君匋曾有一本专谈书籍装帧艺术的书，叫《书衣集》（山西人民出版社，一九八六年七月），因书中文章融知识性、经验谈、掌故于一体，颇为治学于书籍装帧艺术和出版工作者所重。然而到了近些年，钱君匋的书籍装帧艺术非但没有被后学发扬光大，反有被电脑图案代替才情的危险；更让爱书人一看就泄气的是，现在的书衣陈陈相因，满篇芜杂，没有美感，令人乏味；色彩的运用，没有诗意，生硬而缺少艺术特征；音乐节奏的韵律表现，更是湮没无声。

　　抚今追昔，我不敢说现在是一个有好书，同时又是一个没有好的书衣的时代，至少是好书与好的书衣不多见的时代。

二〇〇二年五月

也谈胡适的书房

　　《太原晚报》"开卷有益"第二十期,刊发了一位女士的短文《胡适的书房》,说胡适的书房里只有三个空架子。就此,我也谈谈胡适的书房。

　　据胡适的入门弟子、太平天国研究专家罗尔纲先生回忆,胡适在一九三〇年十一月二十八日从上海迁往北平,家居地安门内米粮库四号。到达后的第一件事,就是开书箱,上书架。当时被胡适每天指点着摆书的罗尔纲记得非常真切:胡适的书在客厅后过道摆了十多架,大厅摆了十多架,书房摆了三架。但书房的三架是空架,留作放平时用书。胡适此次北上七年,逐年买的书都放在书房的这三个书架上,总共二十多架。顶天立地的二十多架书该有多少?

　　有人感叹,胡适那个年代的一个教授,总得有两万上下的藏书才能撑得起门面。据此说法,胡适的这二十多架书,总该愈万不少。

　　胡适在一九四八年十二月十五日离开北平时,除了带走《红楼梦》庚辰本,其父胡传(字铁花,号钝夫)的年谱手稿,《中国哲学史大纲(卷中)》讲义本和几篇有关《水经注》的文章外，数以万计藏书，以及手稿、日记、信件、照片等个人文件，均存放在他从美国回来后担任北大校长所分配的东厂胡同一号后院的五大间书库内。北京大学历史系教授邓广铭先生曾回忆："到一九四八年年底，当时北平和平解放的局势已定，但解放军尚未进城。北京大学派遣图书馆的管理人员郭松年等人到东厂胡同一号把胡氏书库中所藏的一切手稿、文件、书籍等一律装箱，共装了一百零二箱(木箱都是胡氏抗日战争期内，把所有藏书送往天津银行保险时做的)，全部运往松公府北大图书馆存放。"

身在美国的胡适，对这批藏书和个人文稿、日记、友朋信件等，一直存念在心。一九五七年六月四日，他在纽约立下遗嘱："确信中国北平北京大学有恢复学术自由的一天，我将我在一九四八年十二月，不得已离开北平时所留下请该大学图书馆保管的一百零二箱内全部我的书籍和文件交付并遗赠给该大学。"(胡适的一百零五种善本古籍现藏北京图书馆；一万五千余件书信、手稿等文件则藏中国社会科学院近代史研究所)

胡适于一九五八年四月返回台湾定居后，在台北南港高坡住宅的第三次藏书，似乎又可与北平的等量齐观了。不但书房有书，餐厅靠墙的两面都排满了书架。一九六一年十月中旬，夫人江冬秀要从美国到台湾居住，胡适指示秘书胡颂平给江冬秀腾出一间卧室。在从书房往出搬书时，胡适把江冬秀爱看的文学书籍和翻译小说留下了，但一整架《续藏书》实在没处摆放，只好仍留在了这间卧室；其余不需要的几架书，则叫胡颂平送给了台湾"中央研究院"有关各所图书馆。由此看来，胡适的藏书不但在北平，及至他后来飘零

胡适在书房

胡适和夫人江冬秀在书房

到了纽约、台北,也是占满了书房、藏书室、过道和夫人的卧室。到后来竟多得溢出来,不得不流赠到专业的图书馆才有了妥善的安置之处。

一九九五年十月一日

周有光一书一信引出《水》

　　二十年多年前,香港大学姚德怀教授将周有光先生与之讨论中国语文问题的一些意见,摘录加工,成为谈话小品,刊登在香港《抖擞》杂志及《语文杂志》等刊物上。出乎周先生意料的是,这种亦庄亦谐的"超短篇",得到许多读者的欢迎。于是,"表面上轻松愉快,骨子里紧张严肃"的周先生,从一九八七年至今,又用此类三言两语的小品或"语林散叶",给上海的畅销小刊物《汉语拼音小报》写"语文闲谈",每期一两小节,同样得到读者的欢迎。一九九三年,周先生把这类闲谈小品,整理成册,定名为《语文闲谈》,交三联书店,一九九五年五月出版发行。

　　我一向对"闲谈""书话"之类的东西感兴趣,近年尤甚。见《读书》上早有预告的《语文闲谈》有售,随即买下。

　　正如周先生在"前言"所说,"《语文闲谈》是趣味性的闲书。可以在书斋里看,可以在电车汽车上看,可以靠在沙发上看,可以躺在床上看。"里边有笑话,有信息,介绍新知识,提出新问题,启发新思考。全书十六卷八百小节,我就是躺在床上看的。读这样的书，真是一大快事。早上起来，仍念念不忘，便有作些类似周先生这样的札记的想法。一看，竟以地名条目为多，索性将这些条目摘录下来，按周先生原编序号，依次辑录，姑且学步。

我写这篇读书札记，纯属一时兴起。论学问，我是绝不够数的；论资历，我与周先生只有望尘莫及的份儿。孰料，一九九六年三月，当我通过三联书店《语文闲谈》的责任编辑范兴华，将我的这篇打印稿转交周先生指正后，周先生不但不弃，且复信于我，短短一笺，竟连用五次"谢谢！"这使我在顿感汗颜之时，又深切地感受到一个学问家对后学的扶掖之风。随后，我又贸然将所购《语文闲谈》寄与周先生，请他老人家题签，以便存藏。没多久，老人家就把签名本回寄给我。

周先生复信如下：

苏华同志：

大作"语文闲谈拾遗"间接转来，收到了。谢谢！

少数民族语地名，原来在电视天气预报上有字母拼写，大约用了三五年，后来取消了。"音译转写法"是我和曾世英先生共同拟订的。

"耆善在道光二十七年"，错了，承指正。谢谢！

台湾名称由来，应当说明有多种说法，承指正。谢谢！

"传声时代"和"信息时代"是两个不同概念，"信息时代"可以包括"传声时代"。

周有光著《语文闲谈》

030001 山西省

太原市 文源巷 26号

民主党派大楼一层

《中国方域》杂志社

苏华同志台收

苏华同志：

　　大作"语文闲谈拾遗"间接转来，收到了。谢谢！

　　少数民族语地名，原来在电视气象预报上有字母拼写，大约用了三五年，后来取消了。"音译转写法"是我和曾世英先生共同拟订的。

　　"耆善在道光二十七年"，错了，承指正，谢谢！

　　台湾名称由来，应当说明有多种说法，承指正，谢谢！

　　"传声时代"和"信息时代"是两个不同概念。"信息时代"可以包括"传声时代"。

　　其他各条，多所指正和补充，得益非浅！谢谢，谢谢！

　　从大作可以猜想，您是一位地名学者。钦佩，钦佩！

　　敬请

　　大安！

周有光

1996-05-22

100010北京朝内后拐棒甲2号1-301

周有光致本书作者信

其他各条,多所指正和补充,得益匪浅。谢谢,
谢谢!

从大作可以猜想,您是一位地名工作者。钦
佩,钦佩!

敬请

大安

周有光

一九九六年五月二十二日

收到周先生的信后,我开始对照寄呈周先生的"拾遗",
发现第四十三则"民族语地名",我所写"音译转写法"是曾
世英先生所拟不确,承周先生指正,应为周先生和曾世英先
生共同拟订。第一〇四则"香港的古名",例六"太平山:海盗
平息,改称太平,两广总督耆善在道光二十七年曾用此名。"
周先生说是自己错了,但我认为所纠正的道光二十七年两
广总督应是琦善,也许并不是周先生错了,而是编校失误。
第一〇五则"台湾名称由来",我所补充的其他说法有四:
一、由古代神话传说"岱屿"和"员峤"两名联称的"岱员"转
变说;二、起自明人陈第《东番记》的"台员"说;三、华南师范
大学吴壮达教授的"大湾陆化说";四、台湾文献委员会主任
林衡德的"地名衍变说"。第一一四则"同音地名",是我把
"信息时代"和"传声时代"弄混了,周先生给了我两者简洁
明了的异同。

收到周先生的复信数月后,我在《新民晚报》(一九九六年
八月二十二日)看到葛剑雄教授记述与周有光、张允和先生交

谊的文章——《我家有一本〈水〉》。我把读后的惑想写了一段话,塞进《语文闲谈》阅读札记·后记》,在当年第六期的《中国方域》上刊发了,并把这期杂志寄给了周有光先生。

两年后,葛剑雄教授在其新著《看得见的沧桑》(上海教育出版社,一九九八年八月),收入了另一篇我没有看到过的关于《水》的文章——《愿〈水〉长流》:

> 去年我曾写过一篇《我家有一本〈水〉》。原以为张允和先生能看到,就没有将报纸寄给她。后来收到她寄来的第二、三期《水》,还附有一封信,说她是在《中国方域》杂志中得知有我这篇文章,我才意识到犯了一个不小的错误。好在一星期后就去了北京,当面向张先生呈上拙文,并且告诉她,这份邮件能收到真是幸运,因为她把地址写错了。

一篇《〈语文闲谈〉阅读札记》,居然引出《愿〈水〉长流》的两位主人公,我一下乐坏了。

一九九八年十二月

从《曲终集》到《孙犁书话》

《孙犁文集》珍藏本(百花文艺出版社,一九九二年六月),小说两卷,散文诗歌一卷,理论一卷,杂著一卷,续编三卷,共八册,价三百元。我是一九九四年买的。当时买这套书,并不是为了珍藏,主要是想补读孙犁先生的三卷续编。两年后,我看到孙犁的一篇文章,叫《题文集珍藏本》,是记述珍藏本出版后,百花文艺出版社社长和一位女编辑给他送样书后的情景:"有好几天,我站在书柜前,观看这一部书……渐渐,我的兴奋过去了,忽然有一种满足感也是一种幻灭感。我甚至想到,那位女编辑抱书上楼的肃穆情景:她怀中抱的那不是一部书,而是我的骨灰盒。我所有的,我的一生,都在这个不大的盒子里。"读后,不知怎么,我忽然也产生出一种幻灭感,甚至想到,以后可能再也看不到孙犁先生的新作了。

一九九六年初,逛书店,喜见孙犁先生的《曲终集》(百花文艺出版社,一九九五年十一月),赶紧买下。读后,一种满足感,同时又夹杂着一种幻灭感再次从心中生起。因孙犁先生在此书的《后记》中说:"人生舞台,曲不终,而人已不见;或曲已终,

二〇八

而仍见人。此非人事所能,乃天命也。"紧接着他又说:"孔子曰:'天厌之。'天如不厌,虽千人所指,万人诅咒,其曲终能再奏,其人则仍能舞文弄墨,指点江山。细菌之传染,虮虱之痒痛,固无碍于战士之生存也。"这话中话,我已看出三分。为此,草成了一篇《错了也不宜说》的文章之后又想,如果能得到先生《曲终集》的签名本,那才该是一种"战斗"的纪念。

我将《曲终集》和这篇正话反说的小文,寄给与我有一面之交的金梅先生。之所以寄他托办,是因早先他曾相赠大著《孙犁的小说艺术》(北京出版社,一九八七年四月),其后又有《孙犁的现实主义艺术论》(陕西人民出版社,一九九六年七月)寄赠。没想到事情办得很不顺利,金梅先生给我来信说:"孙犁同志已卧病很久,除了家人,一律不见外人。半年多以来,我多次通过他儿子想去看看他,都被婉拒了。这样,你托办的事,恐难办成了。我再试试,实在办不成,就把《曲终集》和稿子寄还给你。"约一个月后,《大公报》副刊《大公园》将我替孙犁先生抱打不平的这篇小文刊出。这时,我的本已无望的希求,又死灰复燃。于是将报样复印了一份,附信再寄给金梅先生,仍是请他"再试试"。等了三个月,我先见到金梅先生给我的一封信:"今天将孙犁同志签名盖章的《曲终集》挂号寄出。收信后,请查收一下,以免丢失。这件事拖了很久,实在抱歉。其原因是,孙老近一年来已不见任何人,这次签名盖章,是通过他儿子办妥的……"之后就收到孙犁先生为我题签钤印的《曲终集》。虽不至于"一吟双泪流",但也感动了好一阵子。

一九九七年,我买到一套心仪已久的好书。即,著名藏书家姜德明主编的"现代书话丛书"。鲁迅、周作人、郑振铎、

金梅选编《孙犁书话》   金梅致本书作者书札

阿英、巴金、唐弢、孙犁、黄裳八大家，各一册。其中《孙犁书话》就是金梅先生选编的。同年八月，金梅先生题签寄赠我一册，在信中说："不知你是否有《孙犁书话》？现寄上一本，以作留念。目前，我正在编辑孙犁的自传（《孙犁自叙》），以他自己的文章，串成自传，不知能否成功？我以为，随着文坛的变化发展，对孙犁的研究越发重要；可真正愿下功者不多，原因之一，也是由于出书之难。"同时，他还对山西近年几位同好所写的书人书话，表示了关注："从报刊上观察，山西有一批专攻书话文章的作者，很活跃，令人高兴。"看了这信，我也高兴。从《曲终集》的题签钤印，到《孙犁书话》的友情相赠，还附带金梅先生对山西热衷于旧人旧事、旧弓新话写作的友人赞赏，遇上这等好书好话，谁会不高兴呢？

一九九八年九月六日

得《黄裳文集》琐记

一九九六年九月,在倪墨炎先生主编的《书城》杂志,读到刘绪源的《我读黄裳》,大喜过望。一则此文写得才高意广,这是每个喜爱黄裳先生书的读书人,都愿看到的那类文字;二是文中有刘绪源透露出的一条重要书讯,即,他最近受黄裳先生和上海书店之托,编成了六卷本的《黄裳文集》,且即将出版。

我是众多爱读黄裳先生的一人。说来惭愧得很,我的爱读,虽始于二十世纪八十年代前期刊载在《读书》上的那些书话,但有意寻访结集出版的书,起步却很晚。一九九三年,我买到《榆下杂说》(上海古籍出版社,一九九二年八月),这是我开始收集黄裳先生所出之书的第一本。一九九四年,买到只印了一千册的《河里子集》(百花文艺出版社,一九九四年四月)和开明出版社重印的《旧戏新谈》(一九九四年八月);一九九五年,买到成都出版社出版的《春夜随笔》(一九九四年十月);一九九六年,辽宁教育出版社出版的《书趣文丛》第三辑中的《音尘集》,内收黄裳先生旧作《锦帆集》《印度小夜曲》和《关于美国兵》,虽不是初版本,但也圆了我盼望读到黄裳先生早期散文的一个书梦。这期间,承谢泳和钟道新君的书道人缘,将他们珍藏的三联书店所出《银鱼集》《翠墨集》《珠还记幸》及金陵书画社出版的《金陵五记》相赠予我,这使我也有了黄裳先生在《读书的回忆》中,记述郑振铎"随手从零乱的书堆里拣出了一部《几社壬申文选》,慨然相假,不少吝惜,使我非常感动"的那种书情书趣。

"即将出版"的《黄裳文集》,不啻是我购书计划中的首选。因为黄裳先生在读书界的名著《榆下说书》,我竟百觅而不得;而新版《音尘集》,不知什么缘故,没有将一九四八年由巴金主持的文化生活出版社印行的《锦帆集外》一并收入。一九五二年由开明书店印行的《谈水浒戏及其他》,一九五三年平明出版社出版的《西厢记与白蛇传》更是不易访到的"稀有品种";甚至连一九八二年花城出版社出版的《花步集》,一九八四年四川人民出版社出版的《黄裳论剧杂文》,湖南人民出版社一九八六年出版的《晚春的行旅》《负暄录》和《惊弦集》,以及一九八八年由人民日报出版社出版的《笔祸史谈丛》和上海三联书店的《彩色的花雨》,也不知道何时何地才可惊喜地发现,不还二价地捧回……这还不说我从黄裳先生的这些书中,尚能进一步学到的版本学及历史知识。所以"即将出版"的《黄裳文集》对于我来说,实在是读不好,但仍想早日乱读一气的大书、全书。

足足等了十个月,《黄裳文集》仍然没有出版发行的消息见著报刊,心里不免有些着急。这时,一九九七年七月出版的《书城》杂志,又刊出了刘绪源的《〈黄裳文集〉编后附识》一文。阅毕,始知我的爱读黄裳先生,只是半心半意而

《黄裳文集》

已。以上所列书目除两三种是我所知，但始终没有买到，余下的多种，则全是读刘绪源的两篇文章才得以知晓。当然，不知已出版的书，只要记着你所情钟的作者，有时候，也会偶有所获。但这种心想事成的好事，在我留意黄裳先生所出集子的这几年中，一次也没碰到过。巧的是，看完刘绪源的文章不久，就在山西见到了刘绪源本人。问知《黄裳文集》笃定年底或年初出版，我才放下心来。既是《黄裳文集》的特约编纂，便在陪刘绪源赴一个作品研讨会的路上，把购买此书的事托付给了他。此后，我则再也不多想《黄裳文集》买到买不到的事了。借刘绪源能为黄裳先生编纂文集的福气，我能尽早读到《黄裳文集》的企盼，恐怕不会有难。我只是这样想。

　　事情果然顺利。但在顺利之中，还是有些意外：一九九八年七月，我收到刘绪源寄我的厚厚一包书，不用说，肯定是《黄裳文集》(上海书店出版社，一九九八年四月)。打开一看，果不其然。他给我夹在第一卷中的信笺上，只有"这套书是送给你的，万勿汇款"这么一句话，其余什么也没多说。然而，就在这一卷的题词页上，竟有黄裳先生的题签："为苏华先生题。黄裳一九九八年六月。"按理说，由托人买书，竟意想不到获得作者的题签，也该属惊喜之例的珍藏的签名本了，但不知怎么，我却惊喜不起来。想想刘绪源为了给我这么一个从未透露过的惊喜，不知冒着多热的天气，前往黄裳先生家中为我美言；再想想黄裳先生，为我这么一个不入流、不够格，胡读乱写的晚辈，竟然题笔签名，这除了兑明刘绪源在黄裳先生心目中的地位和为人为友的笃诚，证明黄裳先生对他读者的尊重之外，哪有我分享这份惊喜的道理？由此我想,或许把刘绪源送我的这六大卷,三百万字,装帧典雅,编纂得当,正文之前选配了极好的善本书影、名家诗笺、作者各个历史时期的生活剪影,甚至对读者来说,属于那种不可或缺的编者弁语,再加上黄裳先生亲题的《黄裳文集》,读懂读通,大概我才有资格将其获书犹存。而黄裳先生的各种初版本,我还是要努力收齐的。因为文集,与初版本毕竟是两码事。

一九九八年八月十六日

冯亦代的《美国文艺书话》

　　在我的心目中，有两位专写美国文坛书讯、作家动态、新作介绍，品评传播文艺作品的厚道先生，一为董鼎山，一为冯亦代。说句对翻译家有些惭愧的话，通过读这两位先生的文章，买来读过的中译本美国小说多少也有一些，但怎么也记不住这本或那本是谁翻译的，而那些美国作家们的名字却多少记得一些。我想，这倒不是不尊敬翻译家的劳动成果，实在是董鼎山和冯亦代这类书话体的评价文章，太占记忆的空间了。冯亦代的《美国文艺书话》(中国社会科学出版社，一九九八年七月)，就是这样一本除了受益匪浅的读书指径之外，还可开启许多读书人自由阅读书人书事记忆闸门的书。对经历过"读书有禁区"到"读书无禁区"的读者来说，冯亦代由二十年前单枪匹马地在《读书》杂志上写"海外书讯"，到后来写更深入更丰富的"西书拾锦"专栏，再到现在遍地都是让人不知所以的"西书劲吹读那页"的出版景象，自然是很让人生出几分感叹的。我的阅读视野有限，爱好偏颇，但孜孜不倦地以一个读书人的本分，二十年如一日，一篇接着一篇写具有经典常谈意味的读书的文章，且将写作范围限定在当代美国文学的译介、评述和研究方面，除了冯亦代，我还真不知尚有几人？

　　冯亦代是外国文学研究家、翻译家、编辑出版家、散文书话家。其编辑出版活动始于一九三八年的香港。动笔写作书话类的文章，则始于一九四七年任《人世间》杂志经理期间，为该刊撰写《书人书事》专栏。《美国文艺书话》的雏形便由此而成。说来也有意思，粉碎"四人帮"后，冯亦代每天在家闭门读书，读后有所感，便写了下来。写了几篇后，恰好徐迟来京，问他近来做什么？冯亦代便把写的几篇书话文章给徐迟看了。徐迟看后很是欣赏，说，即使现在还没有什么地方可以发表，留着自己看看也是好的。与世人暌违三十多年的外国书话，重新出现在读者面前，一是因为受了茅盾的鼓励，二是因为一九七九年与陈翰伯、陈原、范用等编辑出版家创办《读书》杂志。受茅盾鼓励一事，是姜德明向茅盾介绍冯亦代四十年代末出过的那本《书人书事》可读。茅盾就向冯亦代借阅。据冯亦代回忆，那时茅盾的视力已经很差了，可还是看了一二篇，不但鼓励他继续写下去，还要他扩大文章的内容，把书讯进而成为书话，使内容更丰富，从而引起读书界的兴趣。说因为《读书》创办的缘故，是由于《读书》杂志创刊后，冯亦代任副主编，并亲自主持了一段该杂志的日常编务。当时的《读书》老编辑史枚要冯亦代写"海外书讯"专栏，于是他写的这些美国文艺书话，便走出了自己的"听风楼"，成了《读书》杂志的一个名牌栏目。但当初，冯亦代对写"海外书讯"，只是乘兴所至，并没有把这一专栏的写作和他对美国文学的兴趣联系起来。又是徐迟跟他说，应当有目

冯亦代著《美国文艺书话》

的而写,不要写得太零碎了,影响将来成书。冯亦代听从了徐迟的建议劝告,开始有目的地将他对美国文学的欣赏结合起来,这样才形成了冯亦代《美国文艺书话》的风格:一、让读者尽快了解美国新出版了哪些文学书籍;二、帮助读者知道作者的情况;三、新书作者在美国文学史中的地位;四、故事梗概和通俗易懂的品评。如此有明确目的性的专栏文章,颇获读者青睐也就不足为怪了。一九八五年,三联书店出版了冯亦代的《书人书事》(增订本),几年后,赵家璧找出冯亦代赠他的《书人书事》,连同海天出版社出版的冯亦代的《西书拾锦》(一九九二年十二月),"一起细细拜读了一遍,深感这样的专评西书的文论集,国内还没有第二个人写过,并且接下去还可编下去,希望近期内还能读到你的新作"。我以为,赵家璧的这番话,颇能代表喜爱冯亦代这种写作形式和风格的读者的感受和心愿。

冯亦代这类书话结集的还有《听风楼书话》(浙江文艺出版社,一九八八年七月),《撷英集》(敦煌文艺出版社,一九九四年八月),《听风楼读书记》(三联书店,一九九六年三月)。《美国文艺书话》则是冯亦代五本书话集中的精选本。冯亦代本人的书人书事和他所写的书人书事,是爱书人的一枚藏书票,因为里里外外皆是书。

一九九九年一月十六日

陈子善的读书随笔

去岁逛书店，见几家书店新书台上摆铺着张爱玲的旧作新版。书做得真漂亮，好像已经逝去的张爱玲又在纸质媒介上活泛起来，很让"张迷"一族胡想着像胡兰成那样，把她紧紧地拥抱在怀。但我已有了十多年前的"张爱玲"，所以只买了后人解读张爱玲写作生涯的"情迷张爱玲"系列丛书中的三种——《张爱玲的广告世界》《张爱玲的上海舞台》和《张爱胡说》(文汇出版社，二〇〇三年九月)。翻看完这些引人遐想无限的文字和图版后，忽然想起了让我初识张爱玲的陈子善先生。

现代文学的人与事，较之二十多年前，我们已经较为真实的知道了不知多少！而对现代文学史料的发掘，史实的拾缺补遗，罕见书刊的介绍，读书随笔的写作，近十年来，上海华东师范大学的陈子善先生是最为出力的一位。我手头有陈先生的五本个人作品集：《中国现代文学侧影——前辈与我》(台湾志文出版社，一九九四年十二月)，《捞针集——陈子善书话》(浙江人民出版社，一九九七年七月)，《文人事》(浙江文艺出版社，一九九八年八月）,《生命的记忆》(上海教育出版社，一九九八年八月）,《海上书声》(东南大学出版社,二〇〇二年五月)。这几本集子,是陈先生长期浸淫在现代文学和港台文学研究领域,"抓紧时间去做人文知识分子最应该做的事情"的大功劳,也是我经常翻看查找一些现代文学人与事的必备"索引"。

与姜德明、倪墨炎先生相同的是,陈先生也是一位新文学书刊的收藏家;与上述两位不同的是,近些年,姜德明和倪墨炎个人出版的书多些,当然也编书,但范围多限于书话一类,如前者的"现代书话丛书"和后者的"文友丛书",等等,而陈先生所编之书更多一些,内容和意义也不尽相同。如,《知堂集外文》《台静农散文集》《私语张爱玲》《叶灵凤随笔合集》,均是一般人不易见到或有佚文附录,可供研究或全面赏析了解的书。陈先生"平生爱读书,藏书,编书,"但在人们的心目中,似乎是位专编现代文学史上被人冷落、旁及港台文学家的"编辑匠"。

一九九九年八月初,我到上海,陈子善先生带我参观完上海图书馆,又一起逛了季风书店,之后步入淮海路一家西餐店吃饭聊天。记得他不无幽默地说,"这些年来,我与书的关系,读书藏书之外,是编得多,写得少。以至于有刊物在发表文坛前辈为我的一本论文集写的序文时, 误注为我所编选;以至于有友人在赠书给我时,戏称我为'编家';还有友人撰文劝我多写披露独家发现的文章。我想,今后凡是有学术和史料价值的书,我仍会尽力去编订,因为这是有意义的文化积累工作,为还二十世纪文学和文化史的本来面目、繁荣下一世纪的学术计,应该继续有人做。"这话说得好极了。我当时就表示,如果没有人肯做这事,我,或许还有许多人

陈子善著《中国现代文学侧影》

便没有据此为自由思考的天地，只能听"与人为师者"的一家言，其结果不用多想多说，自然是一件让多数人感到不太舒服的事。对于"写家"，又是什么态度呢？我没问，因为在他的《捞针集》中我已经知道些他的心思。他是这么说的："我也希望自己能多写些，写好些，能有第二、第三本书话集与读者见面。德国法兰克福学派大理论家、大藏书家 W·本雅明说得好：在所有得书手法中，最令人钦佩的就是自己来写。"

二〇〇三年十月初，我在杭州买到了陈子善先生的第二本读书随笔集《海上书声》(东南大学出版社，二〇〇二年五月)，虽然陈先生说他这本书的内容更为芜杂，杂七杂八，但我还是带着它一直读到了普陀山、上海、苏州、南京。有这样一本自己喜爱的书陪伴旅行，有如带着一个美女牵手行走那般令人愉悦。

陈子善先生的几本文章结集，绝大部分是对现代文学史料的挖掘整理，是对那个时代的文人生平行谊、著译佚作的考证辨析，是对二十世纪中国文学和文化史留下重要印记的作家、学人、艺术家的才华、创造力和风范的记忆。温梓川、彭芳草、刘延陵、刘淑度、李辉英这些鲜为人知的文坛前辈，如果不读陈先生的考证和介绍之文，又有谁能知晓他们在现代文学史上的功绩呢？我之所以爱读陈先生所写的文人事，更为重要的恐怕还是为文著书的那些新发现和原创性。读这些新发现和原创性的作品，比读那些借题发挥的"美文"，不知多了多少令人心驰神往的美意，多了多少"原来如此"的感慨。可以说，像陈子善先生这样集藏书家、编家、写家于一身的人，现在的文坛也好，出版界也好，不是多了，而是太少了。有感于此，我不但寄希望于陈子善先生为爱书人的书房再多编一些有价值的书，而且期盼今后能更多地读到他所写的有新发现和原创性的文章结集。陈子善先生对自己的治学兴趣和现代文学"意有专情"，我则对陈先生所编的书和所写的读书随笔"意有专情"。

二〇〇四年十月

《未来生存空间》的企划问题

葛剑雄教授近几年所出的书，一般来说都会寄赠与我。如，《往事与近事》(三联书店，一九九六年十一月)，《泱泱汉风》(长春出版社，一九九七年七月)，《天地玄黄——葛剑雄书话》(浙江人民出版社，一九九七年七月)，《悠悠长水——谭其骧前传》(华东师范大学出版社，一九九七年十月)，等等。本来这些书都是我十分喜爱的，也是我该掏腰包的，但葛教授在一次通话时告我，他的书，只要出版社的样书寄到，就会及时寄我，以后千万不要再花钱买了。由此，我就像得着什么理似的，一旦从各种读书的报刊上知道有他的书出版，就会盼着他的赠书早日寄来。然而，由上海三联书店出版的《未来生存空间》(一九九八年一月)全二册中的《自然空间》一书，却是例外。可以说，这书不但不是等来的，简直是讨来的。

一九九八年二月，我在新改版的《书城》杂志上，看到《未来生存空间》(两种)的新书书目。《自然空间》的著者为杨东平，《社会空间》的著者为葛剑雄。当时我怀疑这两书的著者是不是搞错了？四月，又看到《文汇读书周报》东方书林俱乐部特别推荐这本书,虽然标明全二册,但著者只有杨东平一人。同月,我又在《新闻出版报》上看到《气候变暖福兮?祸兮?》的书摘,也是注明选自《未来生存空间》,但作者又变成葛剑雄一人。一本书,连介绍书情书况的专业报刊,都在著者是谁上,搞得人丈二和尚摸不着头脑,这里面肯定出了什么问题?随后,在中央电视台《读书时间》,看到葛教授谈《未来生存空间——自然空间》一书后,我才确信葛剑雄是此书的著者之一。

五月的一个星期天,葛教授与我说事,我顺便问他为何没把社会影响这么大的一本好书寄我?他说,出版社赠书很少,自己买又是两本书合出,一个定价,想等再版时建议出版社各自分出、各自定价后,再送我。不过事后不久,他还是把准备送别人的一本,很快寄给了我。

《未来生存空间》一书,分《自然空间》和《社会空间》两种,作者分别为葛剑雄和杨东平。书很好,但出版形式却是怪怪的:出版发行是上海三联书店,而"企划"则为厦门直面阳光文化整合机构,"设计"另为厦门新格企划有限公司。两种书一个总书名,分别装帧成单册,销售方式却是"捆绑式"的,即全二册定价是二十七元二角。也就是说,你买一本《自然空间》是这个价,买一本《社会空间》也是这个价,要买两本就一起买,根本没有选择的余地;从整个策划设计上看,这本书给人的误读也很大。虽然策划设计者也在书脊和封面右上角标注了"自然空间"和"社会空间"的字样,但因为书名太夺目,人们往往不会注意到这种区分,以致造成两个不同的作者,却为一书共同著者的混乱。我想,如果不是一个书号两书用,将《未来生存空间》这个总书名,分别改为

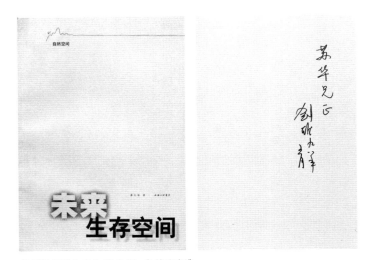

葛剑雄著《未来生存空间·自然空间》

《未来生存的自然空间》和《未来生存的社会空间》岂不更好？由此我又想，葛教授对未来人类生存的自然空间，有句名言："不能无忧，不必过虑。"但对"做书"的人来讲，就不能不忧，更不能不虑！岂但不能不忧不虑，更不能破了规矩，变得随心所欲！

一九九八年十月十一日

我看学者散文随笔

　　我看学者的散文随笔,是从一九九四年外文出版社出版的《沈从文文物与艺术研究文集》开始的。这本名为"花花朵朵、坛坛罐罐"的谈文物,谈古代艺术的书,给我十分轻松又富有知识的阅读快感,也使我从中知道了哪些是真学问,好东西。从那以后,我就留意学者所写的散文随笔。一九九六年,太白文艺出版社出版了一套"中国二十世纪散文精品",我只买了《梁思成·林徽因卷》来看。梁思成所写的散文,既有我国传统散文的神韵,也有游记的可读性,更有考察古建筑可让一般读者看得懂的札记式写法,真是学术小品的典范。由此,大大改变了我对学问家著述深奥、难以读懂的看法。如:《北京——都市计划的无比杰作》《建筑师是怎样工作的》《记五台山佛光寺的建筑》,等等,都是难得一见的美文。但这种美文,不是学问加文章修养的人,是断然也写不出的。

　　天才和博学的学者或学术大师,也有从来不写通论性文字的。如,陈寅恪,他一生大概只写了两篇此类文字:一篇是

《与刘叔雅（刘文典）教授论国文试题书》，另一篇就是《冯友兰中国哲学史审查报告》。由此，陈寅恪就成了没有俗世的声名，自始至终是一个地道的学人象征。但这也产生了两个问题：一是，只写学术著作，只作学问的学者，可保没有俗世的声名；再有，既做学问又写散文随笔，或是学术小品的学者，除学术界和他所从事的专门学科之外，有了家喻户晓的大名，或者说，成了社会公众人物，是不是就丧失了文化与学术的尊严，不再是一个纯正的学人了？这实在是一个值得探讨的话题。

我所成套买的学者类的散文随笔，除了三联书店的"读者文丛"（大约已出五十多种），后来居上的应是上海。如，上海文艺出版社的一套九本"学苑英华"，就很有水准。它是将美国威斯康星大学东语系教授周策纵，哈佛大学中国历史与哲学系教授杜维明，香港中文大学国学大师饶宗颐，台湾人类学家李亦园，以及中国社会科学院的李学勤、庞朴和北京大学教授季羡林、金克木的哲经文史著作，用一种按问题分类，采一种论语式的串连方式，进入读者书斋的。另一套题为"当代中国学者随笔"的丛书，也是上海出的。东方出版中心共选了七位当代中国学者的随笔。计，朱正的《思想的风景》，舒芜的《未免有情》，来新夏的《冷眼热心》，舒湮的《饮食男女》，王春瑜的《喘息的年轮》，周汝昌的《岁月晴影》，邓云乡的《书情旧梦》。这七位学者的随笔均好，但我更喜读的是舒湮、来新夏、周汝昌、邓云乡四位的。与上海文艺出版社的"学苑英华"不同的是，这套丛书更具随笔的属性，除了好看之外，还有许多我不知道的事情和历史事件穿插其中，所以，从个人爱好的角度来说，我是很推崇这套书的。因为即

《沈从文文物与艺术研究文集》

冠学者之名,就要在其所专长的学问之中之外,给人撒播一些学问的种子。还有一套"海外学者文丛",是由学林出版社出的。单是所选的这些海外学者的大名,就有让人不得不看的诱惑。如,《问学谏往录——萧公权治学漫忆》《旧学新探——王云五论学文选》《新月怀旧——叶公超文艺杂谈》《历史的先见——罗家伦文化随笔》《现代世界中的中国——蒋梦麟社会文谈》《天才与环境——黎烈文文艺谈片》《从家乡到美国——赵元任早年回忆》《人生问题发端——傅斯年学术散论》《我对历史的看法——黎东方史学丛议》《春风燕子楼——左舜生文史札记》,都是很具史料价值的好书。

此外,我还读到中国青年出版社出版的"老人河丛书"。语言学家周有光的《文化畅想曲》,来新夏的《路与书》,郑延的《人生之曲——我和我的一家》。他们做学问的精神,做普及工作的投入,实在让我感动。

最近,科学家的散文随笔也有出版。百花文艺出版社的"金鼎随笔文丛·自然科学家辑",真是另一道风景。气象学家竺可桢的《看风云舒卷》,桥梁专家茅以升的《彼此的抵达》,建筑学家梁思成的《凝动的音乐》,地质学家李四光的《穿过地平线》,均以其深邃的思想,令人敬佩的人格精神,广博精深的科学和人文知识,令我叹为观止。

过去我买的看的大多是文学家写的散文随笔,当这一大批学者和科学家的散文随笔出现之后,文学家的散文随笔,我基本上是不买了,也不看了。是什么原因让我如此喜新厌旧的呢?我想,不外乎这么几点:

一、文学家的散文随笔写自己的感受多些,异于常人的发现并不多,看了也就看了,不看,也不会影响你什么,更不会耽误你什么事。

二、没有真东西,怡情娱乐的内容和形式都已被人尽知,况且写得太多太重复,对人生所需要的货真价实的知识,着墨不多。

三、哲经文史,离我们这代人越来越远,但一个现代化的国家,没有自己的哲经文史,或者对它不了解,不熟悉,不略知一二,是无法真正现代化起来的。

以上三点,恐怕就是学者和科学家的散文随笔,深受读者喜爱并热销的一个深层次原因,也是我大多只看这类作者散文随笔的一点个人心得。

一九九九年三月二十九日

好书中的五种书

如果有五种书可以代表新中国成立五十年以来的人文形象和性格，或者这五十年以来的人文精神可由五种书来代表，那么，我会毫不犹豫地脱口而出：

一、《鲁迅全集》。整个二十世纪五六十年代，虽然有一些让许多人感动过、甚至时至今日仍然记得的"革命名著"，但永远的还是鲁迅和他那六百万字的著作。因为不管是五六十年代，还是当今，读鲁迅绝无白读和过时的那种感喟。这种对书的认知我以为很重要，所以当人民文学出版社一九八一年出版的那套普惠于无数读者的十六卷本《鲁迅全集》挺立在我的书橱后，我就把五六十年代出版的各种鲁迅单行本基本都送人了。尽管我不是一个《鲁迅全集》的好读者，但每次需要翻索时，鲁迅的这些书，这些书口的文字，总带给我一种拥有自己文化伟人宝藏的愉悦和神圣崇敬的心境。

二、巴金的《随想录》。《随想录》问世二十多年来，已有多种版本面世。但我最喜爱的仍是人民文学出版社一九八〇至一九八六年，分五集所出的《随想录》《探索集》《真话集》《病中集》和《无题集》。这五本薄薄的小书，真是力透纸背、裸露脊背的真话之书。《随想录》的永恒，就在于它标志着一个说真话时代的来临。我至今还记得当年在读《无题集·后记》中的一些话时是怎样的震颤，如："账是赖不掉的。但是这些年我们社会上有一种'话说过就忘记'的风气。不仅是说话，写文章做事也都一样，一概不上账，不认账……我们这一代人的毛病就是空话说得太多。写作六十几年，我应当向宽容的读者请罪。我怀着感激的心向你们告别，同时献上我这五本小书，我称它们为'真话的书'。我这一生不知说过多少假话，但是我希望在这里你们会看到我的真诚的心。"巴金的这些话，当越来越多的人开始拿笔当手术刀来"割自己的心"的时候，《随想录》的历史价值就愈来愈突出。

三、谭其骧主编的《中国历史地图集》。此图集公开出版于一九八二年。在此之前的一九七四年，曾出版有内部发行本。此书的内容、分量和影响是多方面、多层次的。用谭其骧的话说："这套图集毕竟是中国历史地图史上的空前巨著。全图集八册，二十个图组，共有图三〇四幅，五四九页；每一幅图上所画出的城邑山川，或数百，或上千，全图集所收地名约计七万左右。从开始编绘到今天公开出版，历时将近三十年之久。先后参与编绘制图工作的单位有十几个，人员逾百……共同的目标只有一个：就是要把我国自从石器时代以来祖先们生息活动的地区变化，在目前力所能及的条件下，努力反映出来，使读者能够通过平面地图的形式看到一个统一的多民族的伟大国家的缔造和发展的进程，看到在这片河山壮丽的广阔土地上，我国各民族的祖先如何在不

《鲁迅全集》

巴金著《随想录》

同的人类共同体内结邻错居，尽管在政治隶属上曾经有分有合，走过艰难曲折的路途，但是却互相吸引，日益接近，逐步融合，最后终于凝聚在一个疆界确定、领土完整的国家实体之内，从而激发热爱祖国、热爱祖国各民族人民的感情，为崇高的人类进步事业而工作。"我总认为，一个国家无论现代化到了什么程度，也不能割断历史。而"左图右史"的最好图集，就是《中国历史地图集》。缘何最好？若能参阅葛剑雄教授所著《悠悠长水——谭其骧前传》，便会明了。

四、龙应台的《野火集——中国人，你为什么不生气》(时事出版社，一九八八年三月)。是啊，当你"忍辱吞声地活在机车、工厂的废气里，摊贩、市场的污秽中"，"活在一个警察不执法、官吏不做事的社会里"，你为什么不生气？正如刚刚逝去的萧乾先生在十一年前该书出版《代序》中所引原出版者的话说：龙应台"锐利的辞锋，灵转的文字，缜密的思虑，悍然无畏地揭开中国人社会的种种病象，让血淋淋的事实逼迫我们张大眼睛去看，去反思，去深思。或许她的意见刺痛了我们民族的自尊，戳破许多神话，揭露了无数疮疤，可是《野火集》正想烧去一切腐朽，一切丑陋，一切不正不公，锻炼出一片清明天地。"时至今日，我们许多人也开始生气了：电话为什么要收初装费？环境为什么污染得这么厉害？到商场逛了逛为什么要搜我的身？渴望做一个有尊严的人，一个文明人，且以杂文提倡的，龙应台应属"龙头"。上海文艺出版社出版的六卷本《龙应台自选集》(一九九六年四月)，汕头大学出版社出版的《这个动荡的世界》(一九九八年十月)以及学林出版社出版的《啊，上海男人》(一九九八年十月)，都足以说明，在文明的这个标尺下，龙应台的杂文和散文随笔对世道人心

覃其骧主编《中国历史地图集》

龙应台著《野火集——中国人，你为什么不生气》

陆健东著《陈寅恪的最后二十年》

的感悟是最上道的。所以，在散文随笔方面，我最推崇、最爱的就是龙应台。

五、陆健东的《陈寅恪的最后二十年》（三联书店，一九九五年十二月）。近些年，我国的传记文学作品犹如决堤的洪水，流布书市。但没有一部作品像《陈寅恪的最后二十年》，能给读者带来无尽的沉思，给学界带来诸如关于传统文化、人文精神、学人风骨等谈论不完的话题。能将一段不易描写的历史，写得扣人心扉；能把一个"人代冥灭而清音独远"的学人风范长留人间，不能不说是传记文学中的经典之作。我买过和翻阅过的人物传记成百近千，唯有此书读旧了也读破了，为了留存，又买了一本新的。由这件纯属个人爱书习惯的小事上，是不是也可看出这本书的价值和卓尔不群呢？

有书读就好；而有好书读，对一个人和一个社会来说，则是一件雍培书香气质，提升人生层次的大事；而从好书中跳出来的那些书，对一个爱书的人和一个民族的影响，则是很难估量出有多大、多深的。

一九九九年六月五日

不到"万圣书园"不走

　　我心目中的正经书越出越少，看正经的书的人也越来越少，专卖正经书的书店自然也就越来越少，所以各地书城都像百货大卖场一样，租出去的"文化用品、用具"，英文机构柜台包围着核心卖场的图书区域，看着就让真想买书的人心烦。我是一个有着各种心理障碍的人，买书的"障碍"最重：新华书店不去，因为他们不打折；还可恨这类国营店爱用脏兮兮的一块抹布擦书架，搞得一些非常漂亮的"书衣"书脊底端，全是黑乎乎的一片，就像一位穿着旗袍的端庄少妇，却穿了一双有补丁的袜子。这样的"书衣之书"，如果不是饥不择食，谁还会买回去呢？

　　一般的民营书店，我也不怎么去，因为不是教辅就是时尚货。

　　到上海，总要到季风书园；到南京，总要到先锋书店；到北京，总要去三联书店、涵芬楼、万圣书园。到北京，常常因所住地利之便，逛了三联和涵芬楼，若没逛"万圣书园"，我就设法不走，非要逛完"万圣"才觉到过一趟北京。"万圣"有什么好？想想也没什么，只有两个字"清香"。

进了成府路蓝旗营清华、北大教师五号楼那间"万圣书园"小小的门面（早年，我还去过海淀体育馆万圣书园旗下的一个艺术书店，也很专业），靠在右手楼梯处有个三面靠墙、正面一桌台的半价书，这里有库存已久的书霉香味，若细细寻找，平时觉得可买可不买的书，在这里也会买上几本。把书款和在底楼所买之书交给存包人，上得楼来，右面是"醒客"咖啡屋，三句很哲理的"招幌"很醒目："不一定很费钱，但一定很费时间；不一定有很多人，但一定有很'醒客'的人；不一定是你身体要去的地方，但一定是你精神要去的地方。"据说，这里经常有学人讲座，但我去时，一次都没见过。这与我早年所持的"万圣书园"书友卡，似乎是两种风格——书友卡上招贴是："燃一炷书香，续一份书缘。"这且不去管它。想燃书香的自然就直奔他想买的书前上钱请香，想咖啡"醒客"的自然就去喝一杯。上海的季风书园也有个书吧，小圆桌，淡黄台灯，常有读者一杯咖啡或红茶，安静地翻阅或者低声交谈，似乎不如万圣书园的"醒客"可饮可食的品种多。

万圣书园摆放分类社科书的地方是我的寻书乐园。这里清静，清静的不摆放任何一本市面流行的文学作品。这里有众多买书的女性，而且大多是未当妈妈的或是搞学术研究的女性。我以前看着吸烟有雅姿的女性很美，在这里，看着每位选书看书买书的女性都美。这里还是日本、韩国等亚洲学者购书的天堂，次次去，在结账时总能见到推着购书车的外籍人士在店员的指导下，抄写着寄送地址。

我喜欢在万圣书园搬着梯子、登上几格，翻看书架最上层的书，因为那顶端大多是十多年前所出的学术著作，取下来的，一是心里早就想着看见就买的，二是价格尚便宜些的。书的价格与我来说，就跟请朋友或朋友请我吃饭差不多，超过两千元（目前的物价，不算酒水），那就不叫吃饭了。我买书差不多也是这样，一本书或一套书，只要超过千元，除非急需，否则不大会买。

已算不清在万圣书园买过多少书了。只记得第一次，是十多年前，跟一位认识书园主人刘苏里的朋友去的。在那家平房小店，买了吴兴文的精装带盒函的《藏书票世界》，小小的一本书，定价一百八十元，朋友找刘苏里，打了一个折，但也没到今天网店的平均水准。从那以后，去了无数次万圣书园，再也没找过万圣主人，因我觉书友卡的折扣已足够了，不然，实体书店何以支撑？

在万圣书园买书最多的一次，是去年约好一位朋友一同去的。等两人提着三大袋所买之书出来后，天色已黑黑的了，而肚子也饿极了。打车到了一家经营很火的烤鸭店，排队等号二十多分钟才坐下。两人边等着上菜边翻看选购的书，谁也顾不上谁，直到开吃才哈哈相对而笑。我笑说，"你心里只有一本书"；他笑说，"你心里只有你想写的书"。等饱吃一顿分手时，两人都想说，我们这帮人，真叫不识时务，买这么多你觉学术，别人还觉"那能顶饭吃"的书干什么呀？但都没说出口。这话还是各自回到自己所居住的城市，再没有这种较为纯粹的学术书店可先饿、后饱餐，互相感慨的几句闲话而已。

二〇一一年十一月二十七日

趣味读书

　　网络没有出现以前，最深入人心的一句话是"知识就是力量"；当网络时代确确实实来到我们身边之后，还没有一句话可以将知识获取和读书分离开来。我以为，这句话可以这样说："知识就在网络，趣味全靠读书。"前一句话易解：现在的网络，各种各样的知识一应尽有，求生存求技能求美好生活，无论何时何地何事何物，网络基本可以解决一切；后一句话较为复式，内有两种趣味：一是依着自己的趣味主动找书买书来读，二是刚有些兴趣，还没有达到趣味的程度，需要靠媒介和朋友圈推荐些适合自己的书来看，读了，感到其中的趣味，才会继续读下去。前者是一种愚诚的读书，所谓一箪食、一瓢饮，而不改其乐。尽管在别人看来，这种读书是无用之读，但愚诚的读者却在无用之有用中发生了更加浓厚的趣味。一般来说，愚诚的读书者无论在纸质读书时代，还是网络阅读时代，读哪些书、该怎样读，他自有一套，用不着谁来指导。有兴趣读书者则需要朋友的推荐及传媒发布的书单、书榜选择性的阅读较为经济。

目前的中国是一个图书出版大国，但并无多少好书可读已是一个不争的事实。不然，某个著名的出版社就不会在过去的一年发布本社二〇一四年出版的五十大好书。我想，这个出版社，除了向读者推荐的这五十大好书，大概还出了更多的不好或不大好的书，既如此，为何不只出这五十大好书为止？所以，读者不必急着买书，最好过"快挣钱，慢读书"的生活，非要等你公布出十、二十、三十、五十大好书，我再依兴趣去买，这样才会有所费也有所值。

　　我不赞赏出版社自己亮自己的书榜的做法，喜欢"深圳十大好书"评选出的书目，偏爱《南方都市报》的"文化年鉴"："二〇一四不应错过的一〇八本书"，"九十九句话读懂二〇一四文化圈"，"权力榜：二〇一四文化江湖一百人"，"二〇一四，二十位已逝的文化大师"，因为既可照单选书，又可阅读"推荐人语"，找来或买来中意的书看。

二〇一五年一月二十五日

图书在版编目（CIP）数据

书边芦苇：二集／苏华著 .--太原：三晋出版社，
2017.5
ISBN 978-7-5457-1480-7

Ⅰ.①书… Ⅱ.①苏… Ⅲ.①随笔—作品集—中国—
当代 Ⅳ.①I267.1

中国版本图书馆CIP数据核字（2017）第091604号

书边芦苇（二集）

著　　者：苏　华
责任编辑：冯　岩
助理编辑：余　龙
责任印制：李佳音
装帧设计：方域文化

出　版　者：山西出版传媒集团·三晋出版社（原山西古籍出版社）
地　　址：太原市建设南路21号
邮　　编：030012
电　　话：0351-4922268（发行中心）
　　　　　0351-4956036（总编室）
　　　　　0351-4922203（印制部）
网　　址：http://www.sjcbs.cn
经　销　者：新华书店
承　印　者：山西臣功印刷包装有限公司
开　　本：889mm×1194mm　1／32
印　　张：8
字　　数：180千字
版　　次：2017年5月　第1版
印　　次：2017年5月　第1次印刷
书　　号：ISBN　978-7-5457-1480-7
定　　价：68.00元